어쩌다 보니 꽃

어쩌다 보니 꽃

무작정 꽃집에 들어선 남자의
좌충우돌 플로리스트 도전기

이윤철 지음

차 례

'학교 앞에서 작은 꽃집이나 할까?'

스무 살, 적성에도 맞지 않는 공대에 진학해서 억지로 수업을 들으러 다니면서 나는 자주 이런 상상에 빠지곤 했다. 매일매일 학교에 가야 한다는 사실이 커다란 고역이었다. 이 기나긴 고행의 여정을 이겨낼 자신도 없었고, 이겨내고 싶지도 않았다. 주변의 권유를 받아들여 마음에도 없는 학과에 입학하고 나서야 나는 처음으로 진지하게 내 인생에 대해 고민해 보았다.

그런데 문득 드는 의문이 있었다. 왜 하필 '꽃집'을 생각한 걸까? 빵집도, 밥집도, 옷집도 아닌 꽃집이라니. 당시 내 주변에는 꽃과 관련된 일을 하는 이가 전혀 없었고, 심지어 나는 그때까지 주머니를 털어 꽃을 산 경험도 손에 꼽을 정도로 꽃과는 인연이 있는 사람이 아니었다. 아무리 머릿속의 기억을 더듬어 봐도, 무의식이나 의식 속에서 꽃집을 운영해 봐야겠다고 생각을 떠올리게 할 만큼의 인상적인 순간은 보이지 않았다.

어쨌거나 나는 엉뚱하다 못해 망상이라고도 할 수 있는 생각의 불씨를 꺼트리지 않았다. 그러다 보니 정말 운명이라 할만한 기회가 찾아왔고, 결국 나는 플로리스트라는 첫 번째 꿈과 '대학 자퇴'라는 두 번째 꿈을 동시에 이루게 되었다.

천만다행인 것은 막연한 기대와 희망을 갖고 시작한 꽃과 관련된 일에 시간이 갈수록 점점 흥미를 느끼고 의욕을 불태웠다는 사실이다. 꽃을 통해 무엇인가를 만들 때의 기분과 감정은 어떤 단어로도 명쾌하게 표현할 수 없을 만큼 행복했다. 처음 꽃 일을 시작했던 곳은 작은 꽃집이었다. 매일 아침 그곳으로 향하는 발걸음은 늘 가벼웠고, 저녁에 집으로 돌아오고 나면 오늘 했던 작업을 복기하며 어서 빨리 내일 아침이 오기를 기다렸다.

꽃에 대해 알아가는 하루하루가 너무나 감사했다. 하

나둘 일이 손에 잡히기 시작하면서 나는 이 일을 오래하려면 좀 더 제대로 체계적으로 배워야겠다는 생각을 했다. 나는 꿈꿀 수 있을 만큼 한없이 성장하고 싶었다. 그리고 대학을 그만두고 플로리스트로 방향을 튼 것만큼이나 무모한 짓을 한 번 더 벌였다. 무작정 영국으로 연수를 떠났다. 플로리스트로서 경력도 미천하고, 영어도 제대로 하지 못하는 처지였는데 무모한 용기는 어디에서 솟아났을까?

놀라운 일은 계속 이어졌다. 플라워 스쿨에서 6개월 동안의 연수를 마치기 전에 용케도 취업이 된 덕분에 나는 원래 계획했던 것보다 곱절의 시간을 런던에서 보내게 되었다. 그 이후 서울로 돌아와 대형 호텔, 백화점 매장의 디스플레이 담당 업체, 웨딩홀 등에서 플로리스트로 일했고, 꽃을 판매하는 온라인 쇼핑몰도 잠시나마 운영해 보았다. 꽃다발을 만드는 소소한 일에서부터 웨딩 플라워, 플라워 레슨, 조화를 이용한 인테리어 연출까지 다양한 일을 했다. 처음엔 '학교 앞 작은 꽃집'을 꿈꿨는데, 꽃으로 할 수 있는 참 많은 일들을 두루두루 섭렵했던 것 같다. 하지만 어떤 직급으로 불리고 어떤 일을 하든 간에 나를 지칭하는 단어는 단 하나, '플로리스트'였다.

플로리스트는 꽃과 관련된 일을 하는 사람들의 총칭이다. 꽃은 크게 생화와 조화로 나뉘고, 생화는 다시 분화와 절화로 나뉜다. 각각의 분야는 너무나 전문적이어서 '플로리스트'로 불리는 사람이더라도 자기 분야 이외의 것들은 잘 알지 못한다.

이 분야에서 오랫동안 버티고 살아남은 걸 알아봐 주기라도 하듯 가끔 이곳저곳에 초청을 받고 강연을 할 때가 있다. 그 자리에 서면 자주 듣는 질문이 있다. '혈액형과 MBTI의 나라'답게, 플로리스트가 되기에 유리한 성격이나 성향이 있냐는 것이다. 분야가 다양하고 하는 일이 제각각인 만큼 어떠한 특정 성격에 어울린다고도, 일이 어려울 것이라고 단언할 수도 없다. 다만 나를 돌아봐도, 오랫동안 일을 해나가는 사람을 보면 결국엔 자기 성향에 맞는 분야를 찾아가고, 자신의 스타일대로 일하는 방식을 만들어 간다.

내가 하는 일은 플로리스트로서 가장 대중적이라 할 수 있는 분야이다. 꽃으로 상품을 만들고 공간을 장식한다. 아마 플로리스트라는 직업에 대해 들어본 적이 있다면 한 번쯤 떠올려 보았을 그 이미지에 들어맞을 것이다. 그럼에도 여전히 내 직업을 설명하려면 조금 더 살을 붙여야 한다.

사실 매일 꽃을 마주하고 창의적인 일을 하는 아주 근사해 보이는 이미지와 하루하루 근근이 버티며 살아가는 자영업자의 고뇌가 플로리스트의 일상에 담겨있다. 겉으로는 아주 우아하고 고상해 보일지 몰라도, 마음속으로는 늘 머리를 쥐어뜯으며 줄어든 매출을 걱정한다.

혹자는 그럼에도 좋아하는 일을 직업으로 삼았으니 그래도 좋지 않으냐고 묻는다. 좋아하는 일을 20년 넘게 하게 되면 과연 그 일을 계속 좋아하게 될까? 물론 나는 지금까지 현역으로 활동하고 있다는 사실에 감사하고 행복하다. 하지만 하고 싶은 일이 일상의 영역으로 들어오고 오랜 시간이 흐르면 '하고 싶은'으로 '일'을 꾸미는 미사여구는 자연스레 사라지는 것 같다. 솔직히 이 일을 그만두고 싶은 적도 많았고, 꽃과 관련된 것만 아니면 어떤 일이라도 하겠다고 다짐했던 적도 있다. 마치 사랑하는 감정은 남아있지만, 많은 오해와 갈등을 겪고 갈라설 수 있는 오래된 연인 같은 관계였다. 그때마다 묵묵히 옆자리를 지켜주고 나를 일으켜 준 것도 꽃이었다. 여러 우여곡절을 거치며 이번 생에서는 꽃에게서 절대 벗어나지 못할 것이라는 사실을 깨달았다.

　나는 여전히 꽃에 대해서는 알아가는 중이다. 운명처럼 주어진 '꽃쟁이'로서의 삶을 아주 감사히 여기며 살아가고 있다. 여전히 '애'와 '증'을 오가는 사랑하는 꽃들과 오랜 시간 함께할 수 있기를 감사히 여기면서.

　이 책 속에 담긴 나의 과거와 현재의 이야기가 플로리스트의 일상을 이해하는 데 도움이 되기를, 또한 어느 분야에서 온갖 희로애락을 경험하며 하루를 완성해 가는 이들에게 조금이나마 공감과 긍정을 선사할 수 있었으면 좋겠다.

1장

사람을 보아야 비로소 꽃이 보인다

처음 만나는 사람과 통성명을 하고 나면 서로 무슨 일을 하는지 묻기 마련이다.

"실례지만 지금 어떤 일을 하고 계세요?"

요즘 날씨 이야기, 함께 만난 장소와 지역 이야기 등 가벼운 대화 소재가 떨어지면 으레 주고받는 질문이다. 누구나 예측 가능한 물음이지만, 이 질문을 받고 나면 내 머릿속의 회로는 복잡하고 재빠르게 돌아가기 시작한다.

'과연 이 사람은 플로리스트라는 직업을 알까? 그냥 꽃집 한다고 할까? 솔직히 꽃집이라고는 할 수 없는데⋯'

순간일 테지만, 시간이 정처 없이 흐르는 기분이다. 질문한 사람은 내 마음도 모르고 호기심이 가득한 눈길로 나를 바라보며 대답을 기다리고 있다. 더 이상 시간을 끄는 건 예의도 아니고, 분위기도 이상하게 흐를 것 같다. 괜히 우물쭈물하는 것도 상대에게 궁금증을 자극할 수 있어 태연한 척 당당하게 이야기한다.

"플로리스트입니다."

상대의 오른쪽 눈매가 위로 움찔한다. 상상력을 동원해서 무언가를 생각할 때 인간은 무의식적으로 오른쪽 눈을 위로 치켜뜬다고 한다.

"네? 그게 무슨⋯?"

역시나. 예상했던 반응이다.

"그러니까, 꽃으로 행사장 데코나 웨딩 장식 같은⋯."

"아, 꽃집 하시나 보다. 제가 다음에 꽃 필요할 때 개인적으로 부탁 좀 드릴게요. 하하."

"네, 그렇긴 한데 저희는 주로 기업하고만 거래하고 있어서요."

이쯤 되면 나의 목소리는 점점 작아지고 주눅이 들기 시작한다. 혹시나 상대방이 불쾌하게 여기지나 않을까 슬슬 눈치도 보인다. 어차피 이 사람도 인사치레나 할 정도로 건넨 말이었을 텐데, '네, 감사합니다' 하고 기분 좋게 받아주었으면 될 것을 사족을 덧붙여 괜히 분위기 만 어색하게 만드는 건 아닐까 싶다.

하지만 정말 꽃이 필요하다며 나에게 연락을 해오면 그땐 어떻게 해야 하지? 거절을 해야 하는데, 나를 생각 하며 일부러 연락을 해온 그 사람에게 무슨 말을 해야 하나? 실제로 그런 일이 있었다. 도와주고 싶은 마음에 나에게 꽃 주문을 한 지인들이 있었다. 나는 계약 이후 거래처의 요구사항에 맞춰 작업을 하다 보니 일반 꽃집 처럼 상시적으로 꽃을 쟁여두지 않는다. 하나라도 팔아 주려고 연락한 입장에서 내 거절을 듣게 되면 기분 좋을 리 없다.

그러니 마음이 불편하더라도 미래에 있을 어색하고 부담스러운 상황을 맞닥트리지 않기 위해 미리 설명하 는 편이 나을지도 모른다. 직업을 이야기하는데 이렇게 머릿속이 복잡해질 일인가? 정말 에두르지 않으면서도 정확하게 내 직업과 내가 하는 일을 설명하는 방법은 없 는 것일까?

생각이 여기까지 미치니 등줄기에 주르르 땀이 흐르 는 것만 같다.

"아, 그냥 자영업하고 있습니다다"라고 말할걸.

'플로리스트'라는 단어를 사람들이 예전만큼 낯설어 하지 않지만("네, 뭐라고요?"라는 되물음을 듣는 일도 줄어 들긴 했다), 플로리스트가 무슨 일을 하고 있는지 모르는 사람은 여전히 많다. 내 직업명을 듣고 "플로어리스트? 바닥 시공 전문가이신가요?" 하는 물음을 받는 경우도 있었고, "아, 플라워리스트. 저 그거 알아요!"라며 엉뚱 한 단어를 말하며 친근감을 드러내는 반응을 경험하기 도 했다.

'플로리스트' 하면 열에 아홉은 으레 꽃집 그리고 그 곳에서 앞치마를 두르고 꽃을 꽂는 사람을 떠올릴 것이 다. 너무도 고착화된 이미지가 평범한 사람들의 머릿속 에 깊이 새겨져 있다. 환경이 바뀌고, 시장이 바뀌면서 옛날에는 꽃집에서만 존재했던 플로리스트가 여러 영역 으로 퍼져 나가고 업무 또한 세분화되고 전문적으로 다 양하게 변하면서 생겨난 간극이다.

하지만 내 직업을 드러내면서 불편함 없이 오히려 기 분이 시원해질 때가 있다. 바로 출장이나 여행으로 해외 에 나갈 때 입국신고서의 직업란을 작성할 때다. 낯선 곳으로 향한다는 설렘도 있고, 어차피 내가 적은 직업에 대해 자세히 설명해 달라는 사람도 없다. 나 또한 자영업자라는 영단어를 모르니 자신 있게 'FLORIST'라고 대문자로 큼지막하게 적는다.

별것 아닌 일인데, 이 작은 행동에 짜릿함을 느낀다. 은근한 해방감이랄까? 하지만 곰곰 생각해 보면 그 감정 너머에는 나 자신을 향한 되물음이 담겨있기도 하다. 지금이야 꽃을 그저 일상적인 업무로 대하는 '고인물'이 되어버렸지만, 나도 한때 플로리스트를 꿈꾸며 꽃을 전문적인 일의 영역에서 만날 수 있기를 간절히 바라던 시간들이 있었다. 꾹꾹 눌러쓴 'FLORIST'라는 단어를 가만히 바라보며 '그래, 나 플로리스트지. 하고 싶은 거 하며 살고 있는 거 맞지?' 하며 너무 익숙해져서 잊고 있던 일상의 소중함을 깨닫고 감사하는 마음을 머릿속에서 끄집어내게 되는 것이다.

나의 직업에 대해 어떻게 하면 짧고 명료하게 설명할 수 있을지는 여전히 숙제다. 하긴 20년 동안이나 명쾌하게 풀지 못했으니 어쩌면 이 일을 그만두는 순간까지도 결론이 나지 않을 것 같다. 하지만 솔직히 내가 하는 일과 남들에게 내 직업을 소개하는 일의 간극이 얼마나 중요한 일일까 싶기도 하다. 단 몇 마디로 간략하게 설명할 수 없어 아쉬움은 있겠지만, 내가 작성한 입국신고서를 건네받은 입국심사관만큼이나 다른 사람들 또한 내 직업에 크게 관심이 없을지도 모른다. 플로리스트든 자영업자든 결국은 하는 일에 얼마만큼 내가 만족하고 행복해하는지가 중요한 일 아닌가.

그래도 '플로리스트'라는 단어에 내 직업의 정체성이 담겨있는 건 엄연한 사실이다. 나이가 들어가면 자연스레 자기 이름을 잃게 된다. 직장에서는 '대리', '과장', '부장'처럼 직급으로 대변되고, 가정에서는 '누구 엄마', '누구 아빠'가 된다. 나 또한 마찬가지다. 나의 고객들 역시 '사장님' 혹은 '대표님'으로 나를 불러준다. 하지만 아주 드물게 누군가에게서 "플로리스트님"이라는 호칭을 듣게 된다.

이럴 때면 이상하리만치 마음이 설레고 기분이 좋아진다. 그 호칭으로 나를 불러준 이에게 고마운 사심이 발동되는 걸 막을 수 없다. 나를 알아주는 예쁜 손님에게 예쁜 꽃 두세 송이 더 챙겨주는 건 당연한 이치일 것이다. 습도에 민감하고, 0.5도의 기온 차이에 운명이 엇

갈리는 민감한 꽃들을 다루는 직업인 만큼 어쩌면 실제로 하는 일과 평범한 사람들의 머릿속에 담긴 이미지 사이의 간극에 은근 신경 쓰는 건 플로리스트의 버릴 수 없는 습성일지도 모르겠다. 누군가가 나의 이름을 불러주었을 때 그 사람에게로 가서 "플로리스트"가 되고 싶은, 그 마음을 품고 있는 지금까지도.

플로리스트에게는 시간을 앞서 가는 능력이 있다. 1월 한겨울, 일기예보에 따르면 몇몇 지역에서는 한파주의보와 대설주의보가 내렸다. 출입문 틈으로도 매서운 겨울바람이 느껴지지만, 나의 작업실 내부는 온통 봄의 꽃으로 가득하다. 물론 SF 영화처럼 타임리프와 같은 과학 기술이 아닌, 플로리스트의 시간을 당겨오는 능력은 오직 꽃으로만 가능하다.

한 계절 먼저 빠르게 움직이는 꽃시장 덕분이다. 꽃꽂이로 사용되는 꽃들은 꽃밭에서 자라난다고 아는 이들이 많다. 사실은 전혀 그렇지 않다. 상업적으로 쓰이는 모든 꽃은 종자부터가 애초에 자연에 없던 것으로, 과학자들의 연구 끝에 임의적으로 탄생한 것이다. 그러한 꽃들이 탄생한 곳은 정원이 아닌 비닐하우스 안이다. 우리가 3~4월에 주고받는 꽃은 한겨울 뜨끈뜨끈한 비닐하우스에서 태어나 농부의 손에 키워진 아이들이다. 마치 대표적인 봄 과일인 딸기를 12월에 마트와 시장에서도 어렵지 않게 볼 수 있는 이치와 같다.

1월이면 목련, 산유수, 개나리를 비롯해 튤립, 수선화 등도 만나볼 수 있다. 3월 초면 나의 작업실은 벚꽃으로 가득 찬다. 한여름에나 꽃을 피우는 수국은 4, 5월쯤이면 꽃시장을 온통 알록달록 물들인다.

플로리스트에게 시간은 언제나 한 계절 먼저 찾아온다. 그 덕분에 본의 아니게 가끔은 능력자가 될 때가 있다. 말라깽이 체형인 우리 가족은 살갗이 얇아서인지 추위를 굉장히 많이 타는 편이다. 겨울은 가장 미움받고 환영받을 일 없는 계절로 우리는 크리스마스 다음 날인 12월 26일부터 어서 빨리 봄이 오기를 간절히 기다린다. 나는 오매불망 봄을 기다리고 있는 가족을 위해 1월에 첫 출하된 개나리를 집에 가져온다. 마치 선물 보따리를 멘 산타클로스처럼 포장지에 둘둘 싼 개나리를 손에 들고 봄을 짊어진 마음으로 현관문을 연다. 나의 직업 철칙 중 하나는 '일거리를 절대 집으로 가져오지 않는다'인데, 새해 처음으로 출하되는 개나리만큼은 예외로 두고 있다. 이러한 의식은 우리 가족만의 소소한 새해맞이가 되었다. 한겨울, 거실 화병에 꽂힌 개나리를 보며 좀 더 일찍 봄을 느끼고 있는 아내와 아이 앞에서 한껏 목에 힘을 주고 생색을 내는 것은 나의 소소한 재미이기도 하다.

계절을 이르게 느낀다는 건, 다른 관점에서 보면 그만큼 빨리 시간을 흘려보내야 한다는 뜻이기도 하다. 5월이면 이미 나의 작업실에는 가을에나 볼 수 있는 꽃들로 속속들이 채워진다. 시린 겨울에 봄꽃을 보는 것과는 전혀 다른 감정을 느낀다. 이 꽃들을 보면 벌써 한 해의 3분의 2가 지나가 버린 것만 같아 아쉬운 마음이 든다.

계절뿐만이 아니다. 플로리스트는 본의 아니게 시간을 뒤죽박죽 살아가게 된다. 남들 일할 때 놀고, 남들 놀 때 일하는 직업적 특성 때문일까. 최근에 와서야 워라밸을 중시하는 사회 분위기 덕에 주말에 영업하지 않는 꽃집들이 많이 늘긴 했지만, 여전히 '빨간 날'의 매출이 평일보다 높은 건 사실이다. 특히 도심에 위치한 꽃집들은 휴일을 맞아 외출 나온 사람들을 대상으로 영업을 해야 한다. 밸런타인데이, 어버이날, 크리스마스 등도 예나 지금이나 플로리스트들에게 가장 중요한 '빅데이'들이다. 이러한 날은 평일이나 주말이나 상관없이 몇 주 전부터 비상근무 태세에 돌입해야 한다.

아이러니하게도 나는 어버이날에 맞춰 부모님께 꽃 선물을 해드린 적이 없다. 작업실은 늘 꽃으로 그득한데 정작 부모님께는 제대로 된 꽃을 안겨드린 적이 없다니. 어버이날은 '대목 중의 대목'이다. 2~3일 전부터 주문받은 상품을 만들고 배송을 하느라 눈코 뜰 새가 없다. 어버이날과 그다음 날까지 작업은 이어진다. 그러다 보니 5월 어버이날에는 찾아뵙기는커녕 짬을 내어 제대로 된 통화도 하지 못하는 날이 많았다.

"엄마, 어버이날에는 못 갈 것 같아요. 5월 말쯤 갈게요."

"그래그래, 한두 해 있는 일도 아니고 당연히 그래야지. 그저 일 열심히 하고 돈 많이 버는 게 효도라고 생각해."

그리고 꼭 어머니는 전화를 끊기 전에 "무리하지 말고 쉬엄쉬엄 하면서 해"라고 말씀하신다. 잠시 숨 돌릴

틈에 이어진 통화는 늘 이렇게 짧게 끝난다. 말씀은 저리 하셔도, 많이 허전하시지 않을까 괜히 마음이 무겁다. 내가 부모님의 나이가 되고 그 상황이 되어서야 당신의 마음을 헤아릴 수 있지 않을까.

남들과 반대로 살아가야 하는 생활의 패턴은 '웨딩 플라워' 일을 본격적으로 시작하면서부터 더욱 심해진 것 같다. 나는 '수목금토일'이 가장 바쁘고 월요일, 화요일이 가장 한가하다. 특히나 토요일, 일요일은 결혼식들이 몰려있어서 결혼식장을 이곳저곳 바쁘게 옮겨다니며 정신없이 일을 해야 한다.

인생에서 중요하고 기억에 오랫동안 남을 순간 중 하나가 아마 결혼식일 것이다. 플로리스트의 작은 실수 하나가 고객에게는 씻을 수 없는 상처로 남겨질 수 있다. 웨딩 플라워는 단 한 번의 실수 없이 처음부터 결혼식을 마칠 때까지 완벽해야 한다.

그 일을 하루에 여러 번 치러내야 하기에 온 신경이 곤두선다. 금요일이면 주말에 잡힌 업무 일정에 대한 부담감이 몰려들어 잘 먹지도 못하고, 하루 종일 예민한 상태가 유지된다. 여유로운 토요일, 일요일을 보내고 회사에 출근한 직장인들이 무기력과 피로가 동반되는 '월요병'을 겪는다면, 한 치의 오차도 용납되지 않는 전쟁 같은 토요일, 일요일을 맞이하는 나는 '금요병'을 앓는 셈이다.

이 증상은 일요일 오후 마지막 예식을 마치는 순간, 감쪽같이 사라진다. 그제야 한숨을 돌리고 기쁜 마음으로 월요일을 맞이한다. 남들이 한 주를 시작하고 부지런히 출근을 준비하는 월요일 아침, 나는 세상에서 가장 행복한 사람이 되어 뒹굴뒹굴 늦잠을 자거나 미뤄뒀던 영화를 본다.

상황이 이렇다 보니 보통 주말에 펼쳐지는 가족 모임이나 행사, 지인들의 경조사에 참여할 수 없게 된 지가 꽤나 오래되었다. 가족들이야 서로의 입장이나 처지를 쉽게 이해해 줄 수 있는 사이지만, 지인들의 결혼식이나 그들 자녀의 돌잔치에 얼굴을 비치지 못할 때는 은근히 부담스럽다. 나란 인간 자체 또한 원래 인간관계가 너른 편이 못 되는데, 피치 못할 사정으로 관계가 단절되는 것 같아 때론 서러운 감정마저 든다.

잃는 게 있으면 얻는 게 있기 마련이다. 그나마 장점이라면 여행을 좋아하는 내가 월요일, 화요일에 누릴 수 있는 혜택이 많다는 점이다. 휴무일인 월요일, 화요일에 맞춰 여행 일정을 짜면 호텔과 항공권도 저렴하게 구입할 수 있고 예약하기도 수월하다. 여행지에 가서도 인파 때문에 불편을 겪거나 맛집에 가서 줄을 서서 기다리는 수고로움도 거의 겪지 않는다.

새해 달력이 나오는 겨울이면 본능적으로 9, 10, 11월 칸을 넘겨본다. 결혼식은 대개 봄과 가을에 몰려있다. 웨딩 플라워 고객은 보통 결혼식을 6개월 앞둔 즈음에 계약을 한다. 봄 계약은 몇 달 전 가을에 대부분 마감이 되었다. 나도 모르게 새해 달력을 들춰보며 내년 가을에 얼마나 계약할 수 있는지 막연하게 생각해 보며 준비하는 것이다. 봄이 오기도 전에 가을을 걱정하고 있다니.

이처럼 계절과 달, 요일을 넘나들며 살아가는 것은 플로리스트의 숙명이다. 보통의 직장인과 비슷한 패턴으로 살아가길 바라는 사람에게는 이와 같은 일상이 불편하게 느껴질 수 있다. 하지만 어린 시절부터 규칙에 얽매이는 걸 싫어하고 특이한 방식에 왠지 이목이 끌렸던 나는 현재와 시차를 두고 살아가는 이 방식에 불편함이나 아쉬움보다 만족과 즐거움을 떠올리려 한다. 어쨌든 시간을 거스르고 달려나가는 그 길은 꽃과 함께하는 '꽃길'이 아닌가!

꽃시장은 일주일에 세 번, 월요일, 수요일, 금요일에
만 열린다. 그렇다고 해서 일요일을 포함한 나머지 요일
을 모두 폐장하는 것은 아니다. 도매점별로 일찍 마감을
하거나 전날 농장에서 들어온 꽃 중 남아있는 것을 판매
하기도 한다. 정확히 말하면 월요일, 수요일, 금요일에는
전국의 농장에서 출하된 새 꽃들이 시장에 풀린다는 뜻
이다. 꽃과 관련된 일을 하지 않는 사람은 군이 특정한
요일에 얽매이지 않고 자신의 일정에 맞춰 꽃시장에 가
도 되지만, 우리 같은 플로리스트는 '월수금'을 주목하
지 않을 수 없다.

꽃시장의 시간은 밤과 낮이 바뀌어 돌아간다. 낮 동안 전국의 농장에서 출하된 꽃들은 한나절 차를 달려 밤이 되어서야 시장에 모인다. 시장에서 검품과 재포장 등을 거치면 자정이 넘어가는데 이때가 되어서야 본격적인 판매가 이루어지기 시작한다. 플로리스트들은 일찌감치 시장에 하나둘 자리를 잡고 어떤 꽃들이 들어오고 있는지 빠르게 파악하며 2, 3일 동안 쓸 꽃들을 마음속으로 결정해 둔다.

시장의 열기는 새벽 1시부터 끓어오르기 시작해 정오가 될 때까지 정신없이 돌아간다. 평범한 직장인들이 점심을 먹기 위해 분주히 움직일 무렵, 꽃시장의 점포들은 하나둘 문을 닫고 정리한다. 한낮이 되고 나서야 시장의 상인들은 잠자리에 드는 것이다. 가히 극한의 직업이 따로 없다.

전국의 광역시와 대도시별로 공판장과 꽃시장이 있다. 대표적인 꽃시장은 '고터'라고 불리는 서울 고속버스 터미널 3층과 양재동의 화훼공판장을 들 수 있다. 플로리스트가 아니더라도 꽃을 좋아하는 사람이라면 꽃시장에서 직접 꽃을 사보는 것도 좋은 경험이 되리라 생각한다. 다만 이곳의 꽃들은 농장에서 바로 올라온 것들이어서 일반 꽃집에서 볼 수 있는 꽃들과는 달리 모양이 거칠게 느껴질 수 있다. 아직 손질이 되지 않은 상태의 꽃들이다.

지방에 있는 플로리스트들은 활동하는 지역에서 가까운 공판장이나 꽃시장을 찾기도 하지만 고터 꽃시장이나 양재 화훼공판장에 거래처를 더러 둔다. 아무래도 꽃 종류가 서울에 비해 다양하지 않다 보니 어쩔 수 없이 고속버스를 통해 꽃을 전달받는 방식이 병행되어야 하기 때문이다. 또한 인터넷이 아닌 전화를 통한 아날로그적인 소통을 고수한다. 사업자로 가입하면 인터넷으로 주문이 가능한 도매점들도 있지만, 꽃은 그날그날의 변수가 워낙 크고 많기에 직접 소통을 해야 하는 경우가 부지기수다.

플로리스트로 일하다 보면 자연스레 고정적인 거래처 (도매점)가 생기게 된다. 거래처 사장님은 농장으로부터 꽃을 바로 받을 수 있거나 경매를 볼 수 있는 중매인들이다. 이분들께 그 주에 나에게 꼭 필요한 꽃들을 미리 주문해 둔다. 하지만 주문했다고 해서 그 꽃을 아무 문제 없이 주고받을 거라곤 나도, 거래처 사장님도 생각하지 않는다. 또한 주문한 그대로 받지 못했다고 해서 플로리스트가 따지거나 거래처 사장님이 미안해하는 일도 발생하지 않는다. 아마 꽃시장에서만 볼 수 있는 특이한 모습일 것이다.

자주 통화하고 그날의 상황을 서로 지켜보더라도 언제 어떻게 벌어질지 모르는 돌발 변수는 수백 가지는 될 것 같다. 농장에서 출하가 연기되었다거나, 수입 꽃의 경우 해당 국가에서 갑자기 문제가 생겨 출하되지 않았거나 검역이 지체되어 공항을 통과하지 못해 제때 도착하지 못했을 수도 있고, 꽃이 오긴 했는데 상태가 상품으로서의 가치를 상실할 수도 있다. 여름이나 겨울처럼 기온이 극단적일 때는 유통 중에 꽃이 견디지 못하고 훼손되기도 한다. 변화무쌍한 일들은 시간과 장소를 따지지 않고 무차별적으로 벌어진다. 플로리스트와 거래처 사장님은 한 팀이 되어 주문한 꽃을 구입하지 못할 경우 어떤 꽃으로 대체할지 작전을 세운다.

"사장님, 자주색 칼라릴리 꼭 좀 구해주세요. 부케 주문 받은 건데 고객이 이 꽃으로 꼭 하고 싶다네요."

"알겠어요. 일단 우리 거래처 농장엔 없는 것 같은데 다른 집이나 혹시 수입된 게 있는지 알아볼게요."

"구매할 수 없어요" 하고 딱 잘라 말하는 대신, 이리저리 알아보겠다고 대답하는 거래처 사장님의 목소리가 그렇게 든든하고 고마울 수가 없다. 구하기 어려울 거라며, 너무 큰 기대는 하지 말자고 스스로를 다독이지만 혹시나 하는 마음으로 손톱을 잘근잘근 깨물며 연락을 기다린다.

이 모든 일들은 새벽 시간에 이루어진다. 서로의 목소리를 들으면 인터넷과 디지털이라는 편리한 기기로는 파악할 수 없는 상대방의 심정, 태도, 시장의 분위기를 느낄 수 있다. 꽃시장의 이 모든 환경과 여건, 소통 방식이 나는 너무나도 꽃과 잘 어울린다고 생각한다. 21세기 문명의 기기에 종속되지 않고 사람과 사람이 힘을 합쳐 사람이 재배한 꽃을 구매하는 방식이 유지되는 곳이 모두가 곤히 자고 있는 한밤과 새벽에 돌아가고 있다. 이런 감성을 비단 나만 느끼고 있는 건 아닌 듯하다.

플로리스트들은 월, 수, 금요일을 '장날'이라고 부른다. 이를테면 우연히 연락이 닿은 플로리스트 친구에게 "다음 주 수요일에 한번 얼굴 볼까?" 하고 물으면 "야, 그날 장날이라 정신없어. 목요일에 만나자" 하는 답을 듣는다. 업계의 익숙한 이 단어를 무심결에 평범한 직장인 친구에게 하면 "뭐, 장날? 요즘도 그런 게 있어? 너대체 어디 살고 있는 거냐?" 같은 장난 섞인 대답이 되돌아온다.

수십 년 전, 오일장은 우리나라 곳곳에서 흔히 볼 수 있었다. 단순히 시장이 열리고 생필품을 사고파는 거래만 있었던 건 아니다. 일부러 장날에 맞춰 서로 약속을 정하기도 하고, 그간 소식이 뜸했던 사람을 장에서 만나 서로 안부를 전하기도 하고, 장 한쪽의 간이음식점에서 함께 식사를 나누기도 했다. 생각해 보면 '시장'으로서의 역할도 충실히 하면서, 여전히 사람의 정은 느낄 수 있는 곳이 바로 꽃시장이 아닐까 싶다.

닷새가 아닌 하루 걸러 하루 열리는 장날이지만, 이곳에 모인 도매점 사장님들과 플로리스트들은 서로의 안부를 묻고 애환을 나눈다.

"지난주에… 말도 마. 그렇게 까다로운 손님은 정말 오랜만이었어. 한 주가 어떻게 흘러갔는지 몰라"와 같은 푸념에서, "꽃 들어간 지가 언젠데 아직도 결제를 못 받았어. 그 회사 원래 결제가 이렇게 늦어? 혹시 거래 경험 있는 사람 알아?" 같은 고민, "그 플로리스트, 2호점 낸데요. 성공했나 봐"와 같은 축하와 부러움을 주고받는다. 어느 플로리스트가 꽃을 얼마나 받아가는지 거래되는 도매대금을 슬쩍슬쩍 곁눈질하기도 하고, 꽃을 구입해서 어깨에 둘러메고 가는 꽃의 양을 살펴보고 매출이 어느 정도 되는지 가늠해 보기도 한다.

꽃시장은 꽃만 모였다가 흩어지는 곳이 아니라 플로리스트들의 희망과 절망, 보람과 고단함도 한데 모였다가 흩어지는 곳이다. 묵직한 삶의 무게와 체취들은 꽃향에 농밀함을 더해 전국 각지로 꽃이 필요한 순간을 찾아 떠난다. 한밤의 아날로그 방식이 아니라면 왠지 꽃에 오롯이 담을 수 없는 의식과도 같다.

디지털 기기는 나날이 더욱 발전하고 있다. 마치 '이렇게 편리하고 간결한데도 사용하지 않겠다고?' 하며 도발하는 듯하다. 과연 꽃시장의 아날로그 소통 방식은 언제까지 유효할 수 있을까? 더도 말고 덜도 말고, 지금 같은 모습으로 긴 시간 동안 꽃시장이 남아주길 간절히 바라본다.

"진짜라고요. 이 장미는 인도에서 온 거예요."

수강생인 그녀는 못내 의심하는 눈치다.

"그 멀리서 꽃이 어떻게 와요? 그 정도 비행시간이면 사람도 힘들어할 텐데."

그녀는 여전히 내가 농담하는 줄 안다. 하긴, 인도라는 낯선 나라. 그 먼 곳에서 우리가 사용하는 꽃을 이리도 싱싱한 상태로 받을 수 있다는 사실이 쉽게 믿기지 않을 것이다. 이럴 땐 수긍할 수 있는 증거가 필요하다.

"보세요. 여기 쓰여있잖아요. 프로덕트 오브 인디아 (Product of India)."

꽃들이 포장된 박스 한구석에 큼직한 고딕체로 인도에서 왔음을 알려주는 문구가 있다.

"그런데 선생님은 이 꽃이 인도에서 온 건지 어떻게 아셨어요?"

여전히 의심의 눈초리를 걷지 못하는 그녀가 또 묻는다.

"우리나라 장미도 그렇고 수입 장미는 대부분 한 단이 열 송이로 이루어져 있어요. 근데 인도 장미는 특이하게 스무 송이로 포장을 하더라고요."

그녀의 눈빛에서 살짝 흥미가 느껴지는 것을 알아챈 내가 한마디 더 보탠다.

"콜롬비아나 남아공에서 오는 꽃들도 있는걸요."

"와! 진짜요? 정말 지구 끝에서 끝이네요!"

상업적으로 쓰이는 꽃의 종류는 어림잡아도 수백 종에 이른다. 장미 한 종류만 해도 색상과 품종이 수십여 가지로 플로리스트들은 상황과 예산 등에 맞추어 사용할 꽃을 정한다.

예상하다시피 대한민국 꽃시장의 재배 규모는 상당히 작은 편이다. 우리나라의 경제 규모를 고려해서 수요량을 따져보면 국내에서 재배하는 꽃만으로는 공급할 수 없다. 게다가 사람들의 취향이 다양해지면서 꽃의 종류 또한 그 폭이 예전에 비해 매우 넓어졌다.

꽃은 기후대에 따라 그 종류와 분포가 다양해진다. 국토가 길쭉하게 생겨서 여러 기후대가 공존하는 나라 혹은 땅덩이가 광활해서 꽃 심을 곳이 많은 나라에서는 다양한 꽃들을 재배할 수 있다. 인도와 중국, 남미의 여러 나라가 그러하다. 특히 콜롬비아는 우리나라와 FTA가 체결되어 있어 관세의 혜택을 받고 있다. 이 덕에 상당히 저렴한 가격으로 꽃을 수입할 수 있다. 수국이 대표적이다.

수국은 대표적인 여름 꽃으로 우리나라에서는 여름 동안에만 생산된다. 연중 여름에 해당하는 기후대에 있는 콜롬비아에서는 1년 내내 수국을 생산해 낼 수 있고, 그 덕에 우리는 한겨울에도 수국을 사용할 수 있는 것이다.

간혹 이러한 상황을 설명하다 보면 '국산 꽃을 사용해야지, 굳이 수입 꽃을 써야 하나' 하는 주제로 논쟁이 벌어지기 쉽다. 우리나라는 지리적으로 다양한 꽃을 재배하기 어렵다. 우리 꽃시장의 태생적인 빈틈을 수입 꽃들이 채워주고 있다고 생각해도 좋을 듯하다. 과일을 예로 들자면 바나나, 오렌지가 저렴한 가격으로 대량 수입되면서 배, 사과의 가격 급등을 막아주는 한편 다양한 과일을 즐길 수 있는 역할을 해주는 것과 비슷하다.

우리도 청국장이나 된장국 같은 토속적인 맛이 그리울 때도 있고, 스파게티나 파에야 같은 이국적인 맛이 당길 때 입맛에 따라 음식을 선택하듯 국산 꽃이나 수입꽃 모두 각자의 역할을 하고 있다. 꽃집에 가면 언제든 다양한 꽃을 볼 수 있고, 사고 싶은 꽃을 선택할 수 있는 것도 이 때문이다.

꽃시장은 월요일, 수요일, 금요일에 열리는데, 수입 꽃은 수요일 딱 하루에만 장이 선다. 이 말은 수요일에 특정한 꽃이 수입되지 않는다면 최소 일주일 동안 그 꽃을 전국의 꽃집은 물론 어디에서도 볼 수 없다는 뜻이다. 게다가 몇몇 꽃은 수입되는 물량이 적어서 수요일마다 꽃 쟁탈전이 벌어진다.

그래서 수입되는 꽃이나 그중에서도 물량이 적은 꽃을 선택하거나 부탁하는 고객들에게 나는 확답을 줄 수가 없다. 플로리스트로 첫발을 내딛은 지 얼마 안 되었던 젊은 시절에는 열정만 가득해서 "그 꽃으로 해드리겠습니다" 하고 호기롭게 큰소리를 쳤다가 결국 구입하지 못하고 난감했던 적도 여러 번 있었다.

지금까지 플로리스트로 일하면서 많은 시행착오를 겪으며 경험과 연륜을 쌓아왔건만, 여전히 필요한 꽃을 구하는 일은 예나 지금이나 너무나도 어렵다. 경험도 무용지물이 된다. 이때 할 수 있는 일은 고객이 바라는 꽃이 출하되지 못했을 경우를 대비해 고객에게 상황을 설명하고 2안, 3안을 함께 논의하는 것이다. 특히나 웨딩 부케, 프러포즈 꽃처럼 다음을 기약할 수 없는 중요한 순간의 꽃들은 2안, 3안도 고객이 원래 바라는 꽃 못지않게 심혈을 기울이게 된다.

"결혼식이 5월 마지막 주 토요일에 있어요. 부케는 튤립으로 하고 싶은데 가능할까요?"

이런 문의를 들으면 말을 꺼내기도 전에 안타깝고 착잡한 심정에 젖어 얕은 숨이 입 밖으로 나온다. 나는 상대방이 눈치채지 못하게 심호흡을 하고 대답한다.

"튤립은 겨울 꽃인데, 12월부터 4월까지 가장 많이 출하됩니다. 물론 길게 보면 5월에도 나오긴 해요. 그런데 5월 말에는 물량도 줄어들고 품질도 떨어져서 부케로 쓰기엔 좀 염려됩니다. 불가능하진 않지만 혹시 모르니까 튤립 다음으로 좋아하시는 꽃이 있으면 알려주세요. 튤립 상황을 체크해 보면서 말씀해 주신 꽃으로도 생각해 보겠습니다."

'된다, 안 된다'를 딱 부러지게 답해줄 수 없어 최대한 이해할 수 있게 자세히 설명해 준다. 다행스럽게도 고객들은 대부분 이 상황을 너그럽게 받아준다. 요즘엔 꽃에 대한 기본적인 상식을 갖춘 이들이 많아 예전과 비교하면 크게 어려운 일이 줄어들었다.

결론은, 그저 최선을 다하는 수밖에 없다. 고객이 바라는 꽃을 구입할 수 있게 부지런을 떠는 것이다. 좀 더 일찍 시장에 나가고, 좀 더 많이 도매 거래처에게 연락을 한다. 어느 일이든 과정이 힘들고 아플수록 성취감은 짜릿하고 달콤하다. 어려운 난관을 이겨내고 손에 넣게 된 꽃은 더없이 큰 기쁨으로 다가온다.

꽃을 구하지 못하더라도, 대안으로 정했던 꽃이 더 좋은 결과를 가져올 때도 있다. 물론 이러한 뜻밖의 해피엔딩도 '최선'이 담겨있지 않으면 꿈도 꿀 수 없다. 플로리스트에게 플랜B란 선택이 아닌 필수적인 요소이다. 이 세계에서는 항상 대안처럼 여길 수 없는, 대안이 존재한다.

수입되는 꽃의 종류가 다양해지고 사람들의 꽃에 대한 취향 역시 폭넓어지면서 플로리스트가 알아야 할 지식도 날마다 늘어나고 있다. 플랜B, 플랜C에 대한 대처도 복잡해질 수밖에 없다. 하지만 노력하는 만큼 꽃에 대한 흥미, 일을 하는 재미도 정비례해서 부쩍 늘어난다. 해외 어느 나라와 무관세 협정을 맺는다는 뉴스를 보면 자연스럽게 그 나라에서 어떤 꽃이 많이 생산되는지 찾아보고, 혹시 좀 더 저렴하게 수입될 가능성은 없을까 섣부른 꿈을 꿔보기도 한다.

새롭게 수입되는 꽃을 맞이할 때는 낯선 이름만큼이나 복잡한 꽃의 생리를 익히기까지 몇 주 동안 머리가 지끈지끈 아플 정도로 신경을 써야 한다. 하지만 꽃이 포장된 상자를 열 때면 한 번도 가본 적 없는 나라의 농부가 얼마나 정성스레 이 꽃을 키워왔을지, 멀리 비행기에 태워 보내는 마음이 아쉬우면서도 한편으론 얼마나 뿌듯했을까 헤아려 본다.

수요일. 멀리 지구 어딘가에서 나에게로 찾아온 꽃들의 포장지를 선물받은 기분으로 조심스럽게 한 겹 한 겹 제거하며 속으로 되뇐다. 어서 와 꽃들아, 한국은 처음이지? 힘들게 찾아온 만큼 언제 어디서든 너희들이 가장 빛나는 순간을 꼭 만들어 줄게. 아저씨가 플랜B 전문가거든.

"에취, 엣취, 에엣취."

재채기를 열두 번쯤 하고 나서야 겨우 멈출 수 있었다. 들숨보다 날숨을 많이 했기 때문인지 산소가 부족해진 머리는 풍선을 쉬지 않고 크게 분 것마냥 어지럽다. 콧물은 쉴 새 없이 흐르고, 코와 눈, 심지어 입천장까지 간질간질하다. 양손으로 눈을 비비고 혀를 동그랗게 말아서 입천장을 열심히 긁는다.

터졌다. 꽃가루 알레르기.

조심한다고 했지만 관리가 살짝 느슨해지면 한 계절 내내 고생한다. 플로리스트 사이에서는 알레르기를 "터졌다"라고 표현한다. 봇물 터지듯 재채기와 콧물이 쏟아져 나오기 때문이다.

플로리스트가 꽃가루 알레르기에 걸리는 걸 놀라워하거나 꽃가루 알레르기가 있는데 어떻게 플로리스트 일을 할 수 있으냐며 궁금해하는 이들이 많다. 사실 꽃가루 알레르기는 플로리스트에겐 흔하디흔한 직업병이다. 아무래도 1년 내내 밀폐된 공간에서 수많은 꽃들을 다루어야 하는 직업의 특성상 감수해야 하는 증상이다. 게다가 꽃들이 개화하는 시기에는 정말 엄청난 양의 꽃가루가 작업실에서 넘쳐나는데, 이것을 이겨낼 '강철코'를 가진 사람은 세상에 없을 것이다. 알레르기가 없는 사람도 생겨날 수밖에 없는 환경이다.

알레르기가 한 번 시작되면 몸에 상당한 영향을 끼친다. 자연스레 일하는 데 지장을 받게 된다. 때문에 나는 "터지는" 불상사가 벌어지지 않도록 평소에도 노력을 많이 한다. 코로나 바이러스 유행 여부와 상관없이 늘 마스크를 착용하는 것은 물론, 면역력을 높이기 위해 운동도 게을리하지 않는다. 하지만 5월이나 10월처럼 업무량이 늘어나고 다루는 꽃 종류가 다양해지기 시작하면 아무리 관리를 해도 작은 틈이 벌어진다. 알레르기는 그 틈새를 절대 놓치는 법이 없다.

'중요한 건 꺾이지 않는 마음'이 한동안 유행했는데, 플로리스트인 나에겐 '중요한 건 꽃가루들의 공격에도 지지 않으려는 자세'이다. 그럼에도 부득이하게 허를 찔리고 말았다면 오뉴월이더라도 뜨거운 커피를 샷을 추가해 자주 마시고, 영양제와 비타민C를 꼬박꼬박 챙겨먹는 수밖에 없다. 물론 이건 오직 내가 내 몸뚱이를 파악하고 내린 돌팔이 처방이다.

알레르기 약을 먹는 건 나에게 최후의 처방이다. 항히스타민제를 비롯한 대부분의 약에는 내성이 생긴 탓에 약효도 들지 않거니와, 약발이 설 정도의 강도라면 하루 종일 잠에 취해 몽롱한 상태가 되어 정상적으로 일을 할 수 없다. 그나마 일과 생활을 병행할 수 있는 방법은 커피로 정신을 깨우는 것뿐이다.

암울하게도, 알레르기는 필연적으로 비염을 동반한다. 비염마저 말썽을 부리면 사실 일할 때보다 잘 때가 더 고역이다. 코가 막혀 숨을 잘 쉬지 못하기 때문에 자는 도중 컥컥거리며 깨어나기 일쑤다. 숙면을 취하지 못하니 피로는 더욱 쌓이고 몸 상태는 더욱 악화되고, 이 상황을 이겨낼 면역력 따윈 몸에 남아있지 않아 알레르기에 시달리는 악순환에 빠지게 된다.

그나마 '알레르기와의 전쟁'은 봄과 가을에 한정된 국지전이라 할 수 있다. 손을 많이 쓰는 직업답게 손과 팔에서 비롯되는 병들은 계절을 가리지 않는다. 대표적으로 '테니스 엘보'와 '골프 엘보'가 있다.

어느 날, 물을 마시려고 오른손으로 컵을 드는데 팔꿈치가 감전된 듯 저릿했다. 들어올리던 컵을 떨어뜨릴 뻔할 만큼 통증이 심했다. 팔을 돌려보고 스트레칭을 했더니 좀 나아지는 것 같았다. 하지만 통증은 쉽게 사라지지 않았다. 며칠 동안 통증이 이어졌다. 꽃을 들어 꽂아야 하는데, 그 기분 나쁜 느낌 때문에 도통 작업의 진도가 더뎠다.

별수 없이 정형외과를 찾아갔다. 엑스레이를 찍고 간단한 검사를 받았다. 의사 선생님은 뼈가 잘 붙어있는 엑스레이 사진을 유심히 살펴보더니 내 팔꿈치의 어느 부위를 엄지손으로 꾹 눌렀다. 순간 참을 수 없는 고통에 나는 어린아이처럼 악 하고 소리를 지르고야 말았다.

"테니스··는 안 치시죠?"

의사 선생님은 으레 그럴 것이라는 눈빛을 보이며 물

었다.

"네, 라켓도 잡아본 적 없습니다."

나는 사실대로 말했다.

"테니스 엘보입니다. 테니스 치시는 분들한테 오는 증상인데, 주로 팔꿈치를 이래저래 많이 흔들거나 비틀어서 생기죠."

친절한 의사 선생님은 몸소 테니스 치는 시늉을 해 보였다. 그리고 말을 이었다.

"그게 아니라면 손을 많이 쓰는 직업을 가진 분들한테도 생겨요."

'네, 바로 저예요.'

나는 속으로만 대꾸할 뿐이었다. 역시나 꽃을 들었다 놨다, 꽂았다 뺐다, 큰 작품을 만들 때면 허리와 어깨는 물론이고 팔꿈치와 손목까지 비틀어서 꽃을 꽂아야 하는 경우도 있었다. 그 긴 시간 작업하는 동안 무리가 가지 않을 수 없었을 것이다. 이날부터 나의 오른팔은 테니스 엘보를 달고 산다.

자기만 정상인 것이 민망했는지 아니면 지지 않으려는 심보였는지 어느 날부터는 멀쩡하던 왼팔에 통증이 시작됐다. 한데 오른팔에서 느껴지던 통증과는 조금 달랐다. 나는 꺼림칙한 기분을 억누른 채 병원을 찾아갔다. 의사 선생님은 오른팔 때와 마찬가지로 비슷한 검사를 하고 왼팔 팔꿈치의 어느 부위를 꾹 눌러 나의 비명을 듣고는 확신에 찬 표정으로 말했다.

"골프, 안 치시죠?"

"네, 골프장 근처도 가본 적 없습니다."

역시 사실대로 말했다.

"골프 치시는 분들한테 흔한데, 그게 아니라면 손을 자주 쓰는 직업, 특히 이건 힘줄이 반복적으로 파열되어 생기는 거예요."

나는 오른손잡이지만, 꽃가위만큼은 왼손으로 쓴다. 꽃 꽂는 속도를 빨리하기 위해 왼손으로 자르고 오른손으로 꽂는 연습을 오래전부터 해서 지금은 완전히 습관이 되어버렸다. 꽃가위는 일반 가위처럼 슥슥 잘리지 않는다. 꽃의 가지로 인해 자를 때마다 딱딱 하고 충격이 가해진다. 특히나 나뭇가지 정도의 굵기와 강도를 가진 줄기들도 수없이 잘라내야 하기에 가위질을 할 때마다 팔꿈치에 충격이 가해진다.

지속되는 충격으로 인해 염증이 발생하지 않았을까

생각한다. 그렇게 나는 사이좋은 의형제마냥 오른팔에는 테니스 엘보, 왼팔에는 골프 엘보를 얻게 되었다.

꽃가루 알레르기와 테니스 엘보, 골프 엘보. 이름도 생뚱맞은 질환 때문에 솔직히 몸 상태가 좋은 날보다 아프거나 힘든 날이 많다. '프로'라는 이름을 단 야구나 축구선수들도 몸에 한두 가지 이상의 고질적인 병을 달고 산다고들 한다. 그럼에도 아프다는 핑계 대신 혼신의 힘으로 자신의 실력을 증명해 낸다. 비단 운동선수뿐 아니라 특정 직업 분야에서 일하다 보면 평범한 직장인도 '직업병'을 몸에 새기게 된다.

그런 사실을 떠올리면 플로리스트의 직업병은 그리 대단할 것도 없다. 어쩌면 플로리스트가 앓고 있는 가장 큰 병은 고객으로부터 받게 되는 '마상'이 아닐까. 무례한 손님으로부터 받은 마음의 상처는 혹여나 그런 일이 다시 반복되지 않을까 자신도 모르게 스스로를 위축시킨다. 스스로를 옥죄고 갉아먹는 상처도 크다. 이 일은 고객의 욕구를 만족시켜야 하는 서비스업이다. 또한 늘 새롭고 참신한 작품을 만들어 내야 한다는 압박이 스스로를 채근하는 것이다.

플로리스트는 몸과 마음이 '소심좌'인 이들이 꽤나 많

다. 어쩌면 플로리스트 대부분은 몸에 달고 사는 병 못지않게 마음에도 크고 작은 병을 달고 살아가는지도 모른다. 습도에 민감하고 기온에 예민한 꽃들 못지않게 플로리스트 자신에게도 관심을 가져야 하는 존재다. 하지만 현실은 녹록지 않다. 그럴 여유도 사치처럼 느껴질 때가 많다. 황야에서 피는 이름 모를 꽃처럼 몸과 마음에 씩씩한 면역력을 키워나가는 수밖에.

"딸랑."

작업실 문에 달아놓은 작은 종이 경쾌하게 울린다. 조금은 느슨해진 오후, 분위기를 일깨우는 벨소리는 기분 좋으면서도 긴장감을 살며시 불러일으킨다. 젊은 여성은 빼꼼 문을 열어 내가 있는 것을 확인하고 조심스럽게 들어온다.

"안녕하세요. 예약하신 00 님이시죠? 이쪽으로 앉으시겠어요?"

나의 작업실은 한적한 주택가에 자리 잡고 있다. 북적이는 번화가를 싫어해서 일부러 조용한 곳에 자리를 마련했다. 그러다 보니 지나가다가 즉흥적으로 들어오는 사람보다는 미리 예약을 하고 방문하는 이들이 고객의 대다수를 차지한다.

고객은 나의 안내에 따라 작업실 한쪽의 작은 의자에 앉았다. 화려하지 않은 인테리어, 커다란 작업 테이블과 선반을 제외하고는 그럴듯한 가구도 없는 이 공간을 보고 혹시 실망하지 않을까 걱정이 들지만, 다행스럽게도 크게 신경 쓰지 않는 눈치다. 적당한 거리를 두고 나도 마주 앉았다. 고객과 나 사이에 있는 동그란 원목 테이블이 묘하게 안정감을 준다.

그녀는 6개월 후 결혼식을 앞두고 있는 예비 신부다. 작업실에는 웨딩 플라워를 의뢰하기 위해 방문했다. 결혼식 꽃 장식은 짧으면 서너 달 전, 보통은 6개월 전에 의뢰가 들어온다. 신중하고 준비성이 철저한 사람들은 1년 전에 예약을 하기도 한다. 스몰웨딩, 야외 결혼식 등 예식장의 틀에서 벗어난 결혼식이 부쩍 많아졌다. 신부, 그러니까 나의 고객과는 꽃 하나하나부터 전체적인 색감과 콘셉트까지 함께 맞추어 나간다. 그렇다 보니 우리 둘 사이의 의사소통은 무엇보다 중요하다.

모든 상담이 그렇듯 고객이 무엇을 원하는지 듣는 것

에서 작업은 시작된다.

"어떤 꽃이 좋을지 생각해 보셨을까요?"

어느 때나 의뢰를 하는 쪽이 더 긴장하기 마련이다. 때문에 최대한 정중하고 불편하지 않도록 말을 이끌려고 한다. 그러다 보니 특유의 말투가 생겨버렸는데 "~어요?"로 끝나는 말은 "~을까요?"로 물어보는 것이 대표적이다. "생각해 보셨어요?"로 물으면 어딘지 재촉하는 느낌이 드는 것만 같기 때문이다. 만일 직접 만나서 상담하는 것이 아니라 메시지를 보내야 했다면 '생각해 보셨는지요?'라고 문자를 보냈을 것이다. 상담은 말이나 문자나 둘 다 어렵고 불편하다. 20년이 지나도 마찬가지다.

"제가 깔끔하고 심플한 걸 좋아해요. 그래서 꽃들은 내추럴한 걸로…."

이 대목에서부터 나는 혼란스러운 소용돌이에 빠져들게 된다. 꽃이 필요한 고객들이 가장 많이 쓰는 단어는 단연 "깔끔", "심플", "내추럴"이다. 이걸 문장으로 표현하면 '인위적이지 않고 자연스럽게', '지저분한 부분 없이 정돈이 잘 되게'쯤일 것이다.

고객 열 중 아홉은 이런 말을 하는데, 물론 마음으로

는 고객들의 설명을 충분히 이해한다. 하지만 이렇듯 추상적인 표현을 꽃으로 형상화하는 데는 너무도 많은 어려움이 존재한다. 나는 왜 고객들의 언어가 약속이라도 한 듯 몇 개의 형용사와 부사에 국한되어 있는지 진지하게 생각해 보기도 했다. 사실 그들의 표현 속에 의미한 바를 파악하면 훨씬 더 만족스러운 결과물을 만들어 낼 수 있었다. 나에게는 이러한 해석이 커다란 숙제처럼 느껴졌다.

하지만 고객들의 언어는 해독이 불가한 암호가 대부분이다. 많은 이들의 니즈를 구현하는 경험을 하면서 알게 된 것은 사람들은 꽃을 잘 모르고, 때론 자신이 무엇을 좋아하는지도 모른다는 사실이다. 플로리스트가 아닌 일반인의 관점에서 보면 모호한 형용사와 부사로 설명을 나열할 수밖에 없을 것이다. 음식이나 옷 등은 매일 마주하며 선택하는 것들이다. '돼지고기를 넣은 김치찌개', '통이 넓은 스커트' 등 구체적인 명사뿐 아니라 '개운하게', '깔끔하게'라는 표현만으로도 대화하는 서로가 구체적인 느낌을 주고받을 수 있다.

꽃은 다르다. 매일 보는 대상이 아니다. 하지만 중요한 자리에서 가장 중요한 역할을 해내는 존재가 된다. 그래서 자신의 취향, 모임의 분위기를 심사숙고해서 표현할 수 있는 문장이 "전체적으로 심플하면 좋겠는데 꽃들은 내추럴하게 해주세요"가 될 수밖에 없다.

아마 이런 식으로 자신의 의사를 표현하는 고객 또한 답답할 것이다. 자신이 원하는 바를 설명하기 어려운 이유는 꽃들의 이름 자체가 어렵기 때문이다. 우리나라에서 사용되는 꽃들은 대부분 외래종이다 보니 꽃 이름들은 죄다 외래어다. 플로리스트들도 종종 헷갈려 하는 꽃 이름을 고객이 하나하나 지정하여 주문하는 것은 결코 쉬운 일이 아니다. 게다가 꾸준히 꽃을 사보고 접해보지 않은 이상 자신의 취향이 어떤 꽃과 맞을지 알기는 더더욱 어렵다. 한마디로 이 빵, 저 빵 골고루 다 먹어본 사람이라면 종류가 아무리 많은 빵집에 가더라도 "치아바타 주세요", "크루아상 주세요"라고 할 수 있을 텐데 그럴 기회가 없었던 사람이라면 이 빵이 무슨 맛일지 눈으로만 보고 가늠해서 결정해야 하는 것과 같다.

플로리스트도 답답한 입장이 다르지 않다. 분명 자신의 머릿속에는 상황에 적합한 꽃이 떠오르지만 이를 말로 설명해야 하는 점은 역시나 녹록지 않다. 결국 대화를 통해 적절한 접점을 찾아가야만 한다.

꽃다발과 같이 간단한 상품은 대략 고객이 좋아하는 색과 용도만 확인하면 5분 내외로 어떤 꽃으로 어떻게 만들면 될지 그림을 그릴 수 있다. 하지만 웨딩 플라워라면 상황이 확연하게 달라진다. 고객이 원하는 바를 확실하게 파악했다고 해도 준비 기간이 제법 들어간다. 게다가 실수 없이 고객이 100퍼센트 만족할 수 있어야 하는 작업이라 고객이 바라는 이미지를 구체적인 꽃과 장식물로 연출할 수 있는 방법을 찾기까지 꽤 긴 시간이 걸린다.

잘 알지 못하는 꽃으로만 이야기를 하다 보면 왠지 플로리스트인 나는 채근하는 사람이 되고, 고객은 수세에 몰리게 된다. 결혼식 준비는 잘되고 있는지, 평소 무슨 꽃을 좋아하는지 가벼운 스몰토크도 적절하게 곁들여 가면서 어떤 색을 좋아하는지 간단한 질문을 시작으로 화려한 스타일과 수수한 스타일 중 무엇을 더 선호하는지 양자택일 질문도 이어나간다. 그러다 보면 고객이 원하는 스타일의 꽃을 파악할 수도 있다.

"저는 제가 흰색을 좋아하는 줄 알았어요. 결혼식에도 당연히 흰색 꽃들로 장식해야 하는 줄 알았는데, 이렇게

색이 예쁜 꽃들도 있다는 걸 처음 알았어요. 그냥 제 취향대로 색감 있는 꽃들로 할게요."

고객에게서 간혹 이런 반응이 나오기도 한다. 이때 느끼는 뿌듯함은 플로리스트로서 작업의 결과물을 만들어내는 순간 못지않게 큰 기쁨이 된다. 나뿐 아니라 고객 또한 만족할 가능성이 높아지기 때문이다.

하지만 오래도록 결론이 나지 않는 경우가 훨씬 많다. 여전히 모호함 속에서 마치 소설 속의 문장을 이야기하듯 어떠한 '느낌'에 대해서만 묘사가 나열된다. 그렇다고 "네, 알겠습니다" 하고 섣불리 대답할 수도 없다. 고객이 원하는 이미지를 구현할 가능성이 희박하다.

흔히 원작이 있는 영화나 드라마는 제작되더라도 원작보다 못하다는 평가를 받는다. 사람들은 책을 읽으면서 상상의 나래를 펼친다. 영화를 만드는 기술이 아무리 뛰어나다고 한들 개개인의 머릿속에 펼쳐지는 상상력을 따라잡기는 힘들다. 그 모호한 느낌을 원작으로 삼아야 할 경우에는 구체적인 작업이 더더욱 어렵다. 때론 고객의 머릿속으로 들어가 어떤 느낌과 생각이 담겨있는지 훔쳐보고 싶을 정도다.

플로리스트 입장에서 작업하기 가장 힘든 고객의 유

형은 "잘 모르겠어요"로 반응하는 이들이다. 대화를 주고받으며 파악한 스타일을 고려해서 이런저런 이미지와 영상 자료를 보여주면 어떤 고객은 보는 것마다 "어머, 이 꽃 예쁘네요", "이 느낌도 좋은데요" 하고 긍정적인 시그널을 보내준다. 한마디로 '이것도 좋고 저것도 좋다'는 유형인데, 오히려 이런 고객을 만나면 난감하기보다 내가 가진 능력을 죄다 끌어내 최상의 결과물을 보여주고 싶을 만큼 의욕이 차오른다. 하지만 "글쎄요, 제 취향은 아닌 것 같아요", "저한테 어울릴지 잘 모르겠어요"라는 대답을 들으면 점점 미로에 빠지는 기분이 든다. 하지만 이 또한 플로리스트가 감수해야 하는 일이다. 결혼이라는 중대사를 앞두고 아직 자기 스타일을 모르는 고객의 입장에서 그 자리를 빛낼 꽃을 선택하는 것이, 사실 얼마나 어려운 일인가. 그저 고객의 마음을, 나를 찾아준 그 마음을 감사히 여기며 추상적인 말 한마디라도 허투루 듣지 않고 찰떡같이 알아들을 수 있도록 노력하는 수밖에.

최근에는 티브이에서 방영하는 상담 프로그램을 즐겨보고 있다. 아무래도 고객과의 미팅이 잦다 보니 이 일을 제대로, 능숙하게 하려면 대화의 기술은 필수다. 투정을 부리고 생떼를 쓰던 아이도 전문가의 코칭을 받은 양육자의 따뜻한 말로 행동이 부드럽게 변하고 자기 의사를 정확하게 표현하는 모습을 보면 참 대단하다는 생각이 든다.

플로리스트를 꿈꾸는 사람들도, 이 세계에 갓 발을 디딘 이들도 꽃만 좋아하면 되는 일이라고, 꽃의 생리를 줄줄 꿰고 경험을 쌓으면 유능한 전문가가 될 거라고 생각한다. 무턱대고 어느 밤에 꽃집에 들어가 일하고 싶다고 했던 나 또한 꽃만 알면 다 되는 줄 알았다. 하지만 결국 방점이 찍히는 건 사람이다. 떨이로 파는 꽃 무더기가 누군가에게 값으로 매길 수 없는 가치를 지닌 행복한 기억의 선명한 이미지로 남을 수 있고, 온갖 화려한 연출을 담은 작품이라도 누군가에게 인공적인 치장물로 보일 수 있다. 사람을 이해해야 비로소 꽃이 보인다.

지인과 아메리카노 한 잔씩 나눠 들고 작업실 앞 산책로를 걷는다. 구멍가게이긴 하지만 그래도 사장인 나는 이렇듯 홀연히 작업실을 벗어나 나만의 시간을 가질 수 있는 특혜를 누리고 있다. 대화는 자연스레 맛있는 커피에서 산책로에 대한 평가로, 줄지어 선 나무들에서 그 아래 핀 꽃들로 이어진다.

"저 노란 꽃 정말 예쁘네요. 저 꽃 이름이 뭔가요?"

그는 내가 당연히 알고 있을 것이라는 확신을 가지고 물었을 것이다. 플로리스트라는 꽃과 관련된 전문적인 느낌을 풍기는 직업인이니 스스럼없이 말을 건넸을 텐데, 애석하게도 나는 그런 그의 기대에 찬물을 끼얹을 수밖에 없다.

"글쎄요. 저도 처음 보는데요. 이미지 검색으로 찾아볼까요?"

할 말을 잃은 그는 입을 벌린 채 놀란 표정을 감추지 못한다.

나는 지방의 신도시에 살고 있다. 도시 규모는 작지만 곳곳에 조경이 잘 이루어져 있다. 작업실 주변으로 정비가 잘된 개천이 흐르고 있어 이곳을 따라 걷는 재미가 쏠쏠하다.

개천의 주변으로는 벚나무가 줄지어 심어져 있어 봄이면 그 모습이 특히나 예쁘다. 4월 초, 벚꽃이 흐드러지게 피고 나면 '이름 모를' 꽃들이 하나둘씩 피어나기 시작한다. 나는 이 꽃이 무슨 꽃인지, 꽃의 이름을 알지 못한다.

플로리스트는 당연히 꽃을 줄줄 꿰고 있을 거라 생각하는 이들이 많다. 실제로 플로리스트라면 일반인은 모르는 꽃 이름을 줄줄 꿰고 있는 이들이 많다. 나 또한 꽃에 대한 지식은 여느 플로리스트와 비교해도 부족하지 않다. 그래서 사람들은 나와 함께 걸을 때마다 발아래 보이는 꽃도, 저 멀리 보이는 조경수에 핀 꽃도 이름이 무엇이냐고 물어보곤 한다. 하지만 그때마다 속 시원히 정답을 알려준 경우는 거의 없다.

플로리스트는 꽃시장을 통해 유통되는 꽃들만 상업적으로 사용할 수 있다. 시장에서 유통되는 꽃은 실제 자연에는 존재하지만 지속적으로 종자 개량을 통해 완전히 새롭게 태어난 꽃들이 대부분이다. 자연 상태 그대로의 꽃과 꽃시장에 있는 꽃들은 설령 이름이 같을지라도 그 생김새는 전혀 다른 경우가 많다. 때문에 이름은 익히 알고 있지만 생긴 모양만 보고 전혀 다른 꽃이라고 여기는 일들이 벌어진다.

또한 플로리스트라고 해도 분야가 세분화된 점도 그 이유가 될 수 있다. 흔히 플로리스트라 하면 꽃으로 무엇인가를 만드는 사람들로 인식한다. 이런 작업은 주로 '절화', 즉 '뿌리에서 잘린 꽃'이 주재료가 된다. 이 꽃들은 꽃병의 물만 먹고도 일주일, 길게는 3주 정도까지도 살 수 있다. 이렇듯 강한 생명력을 지녔기에 꽃다발도 만들고 장식으로도 쓸 수 있다. 하지만 조경용으로 사용되는 '분화', 즉 '뿌리 꽃'은 잘린 순간부터 대부분 며칠 혹은 몇 시간 내로 그 생을 다한다. 그러니 절대 잘라서는 쓸 수 없고 뿌리째로 고이 심어 가꾸어야 한다.

절화를 주로 다루는 플로리스트, 분화를 다루는 플로리스트는 똑같은 꽃이라고 해도 각자가 인식하고 있는 꽃의 생김새가 다르다. 서로의 꽃에 대해 알지 못한다. 요즘은 플로리스트 업계에서 야생화나 희귀꽃처럼 특이한 꽃을 다루는 분야도 속속 생겨나는 것 같다. 한마디로, 의사라는 직업에도 치과, 성형외과, 소아과, 산부인과 등 전문 분야가 있고 전공하지 않은 다른 과는 제대로 알지 못하는 것과 비슷하다.

절화를 전문적으로 다룬다고 해도 꽃 이름을 기억하기란 쉽지 않다. 장미만 해도 지구상에 600여 종이 있고, 상업적인 용도로 사용되는 것만 해도 200종이 넘는다고 한다. 꽃시장에서 활발하게 판매되는 장미만 해도 수십 종이 된다. 그리고 이 꽃들은 단순히 '장미'로 불리는 것이 아니라 모두 각자의 이름을 가지고 있다. 흰색을 띠는 대표적인 장미로는 '아발란체', '마르샤'가 있고 노란색은 '율두스', '골드피쉬', '페니레인', '팔마레스', '페리아'가 있다. 장미 중에서도 특히 인기가 많은 분홍계열로는 '헤라', '아쿠아', '피엘라', '플로이드', '아마룰라' 등등이 있다.

사실 들판에 피어나는 꽃들이야 이름을 몰라도 분야가 다르다는 그럴듯한 핑계를 댈 수 있지만 꽃꽂이로 사용되는 꽃의 이름을 모른다는 건 플로리스트로서 좀 자존심이 상하는 일이기도 하다. 하지만 해마다 꽃시장에 새로운 이름의 꽃들이 쏟아져 나온다. 그 많은 꽃들의 이름을 기억하는 건 쉽지 않다. 시장에서도 꽃을 거래할 때 플로리스트나 도매점 사장이나 이름 대신 "얘 주세요", "쟤도 줄까요?" 등 이름 대신 대명사와 손가락으로 가리키는 일이 많다 보니 알고 있던 꽃도 이름이 바로 생각나지 않고, 머릿속 구석에 방치해 놓은 때 묵은 책을 들추듯 오랫동안 생각해야 하는 일이 비일비재하다.

지인 중에 고등학교 교사로 일하는 분이 있다. 언젠가 그분에게서 이런 이야기를 들은 적이 있다.

"선생님들 간에는 불문율이 있는데 그게 뭔지 알아요? 바로 자기 교과에 해당되는 질문은 서로 하지 않는 거예요. 영어 선생님한테는 영어에 관련된 질문을 하지 않고, 수학 선생님한테는 수학에 대해서 묻지 않는 거죠. 왜냐면, 모르면 그건 정말 부끄러운 일이 되고 알아도 본전밖에는 안 되니까요. 선생님들 간에 서로 배려하는 거죠."

물론 어디까지나 우스갯소리로 한 말일 테지만, 왠지 일리가 있고 공감이 가서 내 뇌리에 오랫동안 남아있다.

꽃을 잘 모르는 입장에서 아무래도 가장 궁금하고, 대화를 나눌 때도 가장 즉각적으로 나오는 질문은 바로 이름일 것이다. 플로리스트에게서도 제대로 된 이름을 듣지 못하더라도 놀라지 말고, 그 꽃의 모양이나 색깔, 향을 느껴보길 권한다. 이름이 무엇이건 간에 꽃을 마주하는 그 순간은 그 사람의 기억에서 고유명사로 영원히 남지 않을까.

2장

누구에게나
씨앗이었던 시절이 있다

성인 남성의 평균에 살짝 못 미치는 키, 그닥 내세울 것 없는 생김새, 겨울엔 후드티 여름에는 반팔티를 고집 하는 패션 센스. 겉으로 보이는 외모만 놓고 보면 솔직히 나는 매력적이거나 인상적인 요소를 갖추지 못했다. 하 지만 '플로리스트'라고 하면 느낌이 달라지는 것 같다.

상대방과 대화 중 내 직업을 말하면 상대방의 눈빛이 달라진다. '응?', '진짜?', '정말?' 하는 말풍선이 그 사람 의 얼굴 위로 보이는 듯하다.

"어떻게 해서 플로리스트가 되기로 하셨어요?"

이 질문에는 겉으로 보이는 내 모습과 플로리스트가

가진 이미지가 상충되어서 빚어지는 의문과 호기심이 담겨있는 것이 아닐까 생각한다. 흔하지 않은 직업, 게다가 섬세하거나 민감한 감성이 느껴지지 않는 남자가 꽃을 전문적으로 만진다고? 객관적으로 생각해 봐도 그러한 반응은 이해할 수 있다.

그럼 상대방의 의문과 호기심을 일거에 해소하고 나에 대한 호감을 높일 수 있는 시원한 답변을 해주면 좋을 텐데, 솔직히 나는 그럴듯하게 할 말이 없다. 도통 나는 왜 플로리스트가 되었나에 뚜렷한 이유가 떠오르지 않는다. 미성년자에서 성인으로 법적 지위를 획득하고 나서 앞으로 무엇을 할지, 어떤 일을 할지, 어떻게 살아갈지에 대해서는 분명 치열하게 고민한 기억은 있다. 하지만 내가 희망하는 삶을 현실적으로 구현하는 데 어떻게 해서 '플로리스트'를 수단으로 삼게 됐는지는 지금도 가물가물하다.

공대에 진학했다. 전공은 전기전자공학이었다. 학과를 선택했던 이유는 단 하나, 내 수학능력시험 점수로 진학할 수 있는 대학과 학과였기 때문이다. 아마 점수가 더 높았다면 컴퓨터공학이나 건축공학을 지원했을 것이고,

점수가 더 낮았더라면 화학공학이나 산업공학 혹은 고등학교 담임 선생님이 하라는 대로 원서를 썼을 것이다. 당시에 '남자는 공대'라는, 지금 생각해 보면 우습기 그지없는 공식이 통용되던 시절이었다. 아니, 아무 생각 없이 학교를 다니던 내가 그 공식을 편안하게 받아들였던 것이다.

스스로에 대한 성찰 없이 학과에 진학했으니 적성에 맞을 리 없었다. 학교를 다니는 둥 마는 둥 하다가 불행인지 다행인지 군대에 끌려가게 되었다. 군인이라는 신분으로 육체활동에 제약이 생기고, 시간에 구속을 받았다. 오직 자유로울 수 있는 것은 머릿속의 생각뿐이었다. 그런 환경에 놓이고 나자 비로소 나는 처음으로 나에 대해 진지하게 생각해 보았다. 한글을 깨우치기 위해서 기역, 니은 같은 자음을 익히듯 나는 내가 어떤 인간인가를 생각해 보기 위해 '나는 뭘 좋아하고, 어떤 걸 할 때 행복을 느꼈지?' 하는 단순한 물음부터 스스로에게 던졌다. 여럿과 함께하기보다 혼자 있는 시간을 편안해하고, 손으로 무엇인가를 만들거나 그리는 걸 좋아했다. 아기자기하게 꾸미고 나서 스스로 흡족해하던 순간들도 떠올랐다.

이러한 생각들은 머릿속에서 가지를 뻗어나갔고, 탄탄하고 긴 줄기의 끝에서 내 희망과 현실의 교집합이 맞닿아 있었다. 혼자 내밀한 시간을 보내며 손을 써서 창의적인 작업을 할 수 있는 일. 구체적으로 떠오르는 현실 속에서 존재하는 직업 중 손에 잡힐 듯 눈앞으로 다가온 것이 바로 플로리스트였다. 신기한 일이었다. 앞서 말했듯 돈을 지불해서 꽃을 구입한 적도 내 인생에서 손에 꼽을 정도였고, 내 주변에는 꽃과 관련된 일을 하는 사람이 전혀 없었다. 아마 나도 모르는 잠재의식 속에 책이든 영화든 혹은 무엇이든 간에 영향을 받은 소소한 경험이 깃들어 있을 것이다. 어쩌면 꽃과는 가장 거리가 먼, 군대라는 삭막한 조직 속에서 매일 총과 함께 사는 여건에서 비롯된 결론인지도 모르겠다.

그렇게 플로리스트라는 단어만 떠올린 채로 막연히 그곳에서 남은 시간들을 흘려보냈다. 그러던 중 뜻하지 않은 기회가 찾아왔다. 병장 시절, 마지막 휴가를 나왔던 날이었다.

오랜만에 친구 서넛을 만나 밤늦게까지 술을 마시며 시간을 보냈다. 불콰하게 술기운이 오른 우리는 무작정

거리를 걸었다. 그러다 작은 꽃집이 내 눈에 들어왔다. 전면이 통유리로 되어있어 내부가 훤히 보였다. 늦은 시간이었지만 실내에 불이 환히 켜져있었고 어머니 연배로 보이는 여성분이 홀로 꽃을 다듬고 있었다. 나는 정신이 번쩍 들었다. 그리고 아무 망설임 없이 홀리듯 그곳으로 다가가 출입문을 열고 안으로 들어갔다.

"저… 다음 달에 제대하는 군인인데요, 혹시 제가 여기서 일을 할 수 있을까요? 꽃 일을 좀 배워보고 싶어서요."

"네? 아, 글쎄요… 직원을 뽑을 생각을 하긴 했어요. 그럼 한 달 있다가 와볼래요?"

사장님은 조금 당황한 듯하더니 밝은 얼굴로 명함을 건네주었다.

"정말요? 감사합니다. 그럼 다음 달에 뵙겠습니다!"

나는 씩씩하게 인사를 드리고 밖으로 나왔다. 나중에서야 이름도, 연락처도 말씀드리지 못했다는 사실을 깨달았다. 꿈인지 생시인지, 내가 방금 무슨 일을 벌인 것인지 어안이 벙벙하고 이렇게 쉽게 '꽃의 세계'에 발을 붙이게 될 줄은 상상조차 못했다.

함께 길을 걷던 친구들은 갑자기 사라진 나 때문에 난리가 났다. 떨어지는 낙엽도 조심해야 한다는 말년 병장

친구가, 마지막 휴가에서 아무 말 없이 사라지자 설마 운 나쁜 상황에 엮인 건 아닌지 불길한 마음으로 각자 흩어져 이 골목 저 골목을 뒤지고 다녔다고 한다. 그런 친구들의 속도 모르고 나는 나중에 만난 친구들에게 활짝 웃으며 "애들아, 나 취업했어" 하고 자랑을 했다. 안도와 분노로 점철된 온갖 육두문자와 쌍욕이 귓가에 날아들었지만, 그 밤길은 꽃길처럼 느껴졌다.

한 달 후 나는 약속대로 그 꽃집을 찾았다. 다행스럽게도 사장님은 날 반갑게 맞아주었다. 그날의 짧은 만남을 술 취한 청년의 치기로 여길만도 했지만, 사장님은 달랐다. 꽃과 관련된 경험이 전무한 나는 당연한 일이었지만, 청소와 배달부터 시작했다. 그 늦은 밤, 그 거리를 걷고, 불이 켜진 이 꽃집을 발견한 건 행운이었다. 사장님은 꽃에 대한 경험도 다양하고 열정이 대단했다. 아무것도 모르는 나에게 너무도 훌륭한 본보기가 되어주셨다. 돌이켜 보면 내가 플로리스트로 한 걸음 한 걸음 성장할 수 있도록 많은 배려를 베풀어 주셨다.

만약 이곳이 아닌 다른 곳에서 꽃 일을 시작하게 되었다면 '이 일도 별것 없네' 하고 흐지부지 끝내버렸을지도 모른다. '첫 단추'를 너무도 잘 꿴 셈이다. 이후에도 일을 하며 많은 상사와 선생님을 만났다. 그 많은 인연 중 플로리스트가 된 나에게 가장 큰 영향을 주신 스승이 누구냐는 질문을 받는다면 나는 주저 없이 이 작은 꽃집의 사장님이라고 답할 것이다.

대학은 자연스레 그만두었다. 솔직히 그때까지도 꽃이 미치도록 좋다기보다 대학과 학과 공부가 더 싫은 이유가 컸다. 그 당시 자퇴하지 않았더라도 시간이 지나면 아마 나는 학교에서 쫓겨났을 것이다.

우리는 직업에 운명 같은 서사 혹은 소명 같은 도덕성을 기대하는 경향이 있다. 흔하지 않은 직업을 가진 경우라면 특히 더욱 그러하다. 왜 공대에 진학했냐는 물음은 나는 그 누구에게도 들어본 적 없다. 만약 공대를 졸업하고 직장에 취직했더라도 왜 회사원이 되었느냐는 물음은 듣지 못했을 것이다. 왜 플로리스트가 되었느냐는 물음에 나는 진심을 담아 대답한다.

"어쩌다 보니 그렇게 되었네요."

내 본의와 달리 자칫 성의 없고 무례하게 느껴질 수도 있을 테니 표정을 최대한 밝게 하고 살짝 미소도 곁들이면서. 나에게 중요했던 건 '플로리스트'라는 직업이 아니라, 나에 대해 진지하게 들여다보고 깨닫고 새롭게 알게 되기까지의 시간이었다. 그 오랜 기다림을 이제 "어쩌다 보니"라는 단어로 퉁치게 된다.

돌아보면 '어쩌다 보니'라는 자세야말로 직업인에게 가장 필요한 덕목이 아닐까. 원대한 목표나 절대적 목적으로 우리 모두가 하고 싶은 일을 하기엔 너무나 많은 제약이 뒤따른다. 꽃으로 아름다운 결과물을 만들기까지 때론 이해할 수 없는 일들과 불합리한 순간을 받아들여야 한다. 진지하고 단단한 다짐보다 어떤 상황에서든 유연하게 대처해 나갈 수 있는 태도가 직업인을 길러내는 것 같다. 사실 왜 그 선택을 했느냐가 아니라 선택한 이후 지금까지 어떤 마음과 생각으로 살아왔는지가 중요한 게 아닌가? 그래서 '이 오디션에서 떨어지면 절대 안 돼. 난 꼭 배우(혹은 가수)가 될 거야' 하고 굳게 마음먹은 친구를 구경차 따라간 이들이 유명한 연예인이 되는가 보다.

열흘 동안만 붉은 꽃을 틔워도 괜찮다

"이름이 뭐예요?"

"라이언(Ryan)입니다."

"아, 어흥, 사자(Lion) 말이군요. 멋진 이름이네요."

"아니요. 라이언입니다. L이 아니고 R입니다."

초성, 중성, 종성을 꽉꽉 채워 이루어진 나의 이름. 영국 사람들은 나의 한국 이름을 부르기 어려워했다. 그래서 플라워 스쿨에 도착하자마자 가장 먼저 한 일은 쉽게 발음할 수 있는 영어 이름을 짓는 것이었다. 하지만 버젓이 있는 이름을 놔두고 새 이름을 짓는 일이 나로서는 내키지 않았다. 발음이 어려우면 발음되는 대로 불러주면 안 되나 싶은 생각도 했다가, 발음이 아니라 내 이름을 아예 기억하지 못하는 것이 문제란 걸 깨닫게 되었다. 나의 성(姓)인 '리(Lee)'로 불러달라고 할까 생각했다가 그 단어가 중국인을 일컫는 대명사임을 알고 아예 새 이름을 짓기로 작정했다. 머릿속으로 떠올랐던 이름이 라이언(Ryan)이었다. 학창 시절 감명 깊게 읽었던 어느 책의 주인공 이름이 그 순간 기억났다.

이름을 정하고 나서 학교 관계자나 선생님들에게 라이언이라 불러달라고 부탁했다. 그때는 몰랐다. 나를 포함한 대다수 한국인은 R 발음과 L 발음을 잘 구분하지 못한다는 것을. 우리의 'ㄹ' 발음은 영어의 L과 가까우며 R은 혀를 입천장에 닿도록 동그랗게 말아서 소리를 내어야 한다. 한마디로 우리나라 발음에는 없다. 처음엔 라이언이라 불러달라 하니 사람들이 자꾸만 "어흥, 어흥" 사자 소리를 내기에 이유를 찾다가 알게 되었다. 이미 몇몇이 나를 Ryan이 아니라 Lion으로 부르기 시작한 때였다. 차라리 발음하기 쉬운 제임스로 바꿀까 했지만 그냥 Ryan으로 바로잡는 편이 낫겠다고 생각했다. 어차피 6개월만 불리면 되는 이름이니 심각하게 생각하지도 않았다. 하지만 런던에서 플로리스트로 취업하고 이 이름을 2년 동안이나 쓰게 될 줄은 생각도 못 했다.

유학이라고 해야 할지, 연수라고 해야 할지, 아니면 2년
이 넘는 시간 동안 절반 이상은 '외국인 노동자' 플로리
스트로 일하고 있었으니 취업이라고 해야 할지 모르겠
다. 아무튼 나는 그렇게 영국에서 일하며 살고 있었다.
계산해 보니 내 인생에서 플로리스트로 일해온 많은 시
간 중 겨우 10분의 1밖에 되지 않은 짧은 시간이었지만
그 당시 배우고, 느끼고, 경험했던 많은 일들은 나에게
너무도 소중한 자산으로 남아있다. 플로리스트로서의 정
체성을 확립한 시기가 이때가 아닐까 싶다.

영국에서의 삶은 플라워 스쿨에서 시작됐다. 6개월 과
정의 기숙학교였던 이곳은 런던에서 기차로 30분쯤 거
리에 위치한 작은 교외 도시에 성처럼 자리 잡고 있었
다. 시내와도 떨어진 완벽한 시골에서 최대 스무 명 남
짓의 학생들이 옹기종기 모여 꽃을 배우는 곳이었다. 시
골에, 기숙사에, 남자도 한국인도 나 혼자뿐이었다. 할
것이라곤 정말 꽃을 배우는 것밖에는 없었다.

유일한 유희라곤 양과 당나귀에게 간식을 주는 일이
었다. 학교 주변에는 방목 중인 양 떼와 당나귀 무리가

있었다. 누가 돌보는 것인지도 몰랐는데 양들은 이곳저곳에서 투실투실한 외투를 입은 것 같은 모습으로 자기들끼리 한데 엉켜 풀을 뜯었다.

학교생활이 무료해지면 후식으로 나오는 포도나 사과를 들고 당나귀가 뛰어노는 울타리 주변에서 손을 내밀었다. 양들에게는 바닥의 풀을 뜯어내 건네주었다. 사과나 포도를 먹어도 되는지 알 수 없었다. 양들은 사람을 낯설어하지도 않고 긴 혀를 내밀고 춥춥 잘도 받아먹었다.

수업은 9시부터 4시 반까지 계속됐다. 꽃을 꽂았다가 뽑기를 반복했다. 일과를 마치고 나서 수업시간에 사용한 꽃들을 방으로 가져와서 새로운 걸 만들어 보기도 했다. 혹은 공동으로 사용하는 거실에 학생들끼리 모여 앉아 BBC 채널만 나오는 티브이를 틀어놓고 함께 무언가를 만들기도 했다. 그러다 꽃이 부족하면 정원으로 달려가 꽃과 풀들을 구해서 재료로 썼다.

두어 달쯤 지나자 '라이언'이라고 불리는 것에도 제법 익숙해졌다. 처음엔 '헬로 라이언?' 하며 반갑게 건네주는 인사에도 왠지 오글거려 제대로 대꾸도 못 했는데, 별명이라 생각하고 들으니 그럭저럭 적응이 되어갔다. 나를 불러주는 이름이 유난히 정겹게 느껴지는 순간은 어디를 함께 가자고 할 때였다.

"라이언, 오늘은 오후 수업 때 가드닝 마켓 투어를 갈 거예요. 점심 식사 후 주차장으로 오세요."

우리 클래스를 맡아주셨던 선생님은 연세가 지긋했지만 무척이나 열정적이고 활동적인 분이었다. 우리를 자주 꽃시장이나 박물관, 식물원 등으로 데리고 갔다. 영국은 마을이나 도시에서 직접 운영하는 정원이 참 많았다. 꽃과 정원용품을 판매하는 크고 작은 마켓이 굉장히 많았고, 할머니들도 왼손으로 수동 운전을 능숙하게 잘했다. 내 눈에는 모든 것이 인상적이었다.

플라워 스쿨이 있던 도시는 우리나라로 치면 경기도의 작은 도시 정도 됐다. 하지만 그곳에도 규모가 큰 가드닝 마켓이 곳곳에 있었다. 선생님이 데려가 준 가드닝 마켓에서 나는 신선한 자극을 받았다. 일종의 문화적 충격이라고 해도 될법하다. 셀 수 없이 다양한 꽃과 식물들이 펼쳐져 있고, 용도를 알 수 없는 용품들과 연장들이 가득한 그곳에서 사람들은 꽃과 식물, 정원에 대해 이야기를 나누고 있었다. 이런 마켓이 일상의 한가운데에 자리 잡고 있었다. 놀라우면서도 부러웠다. 도시 외곽의 대형 매장이나 특정한 꽃시장이 아니면 찾아볼 수 없는 풍경이 도시 곳곳에 꽃피우고 있었다. 어쩌면 우리나라에도 언젠가 각 동네마다 이런 근사한 모습을 볼 수 있는 날이 오지 않을까 살며시 희망을 품었던 것도 같다.

플라워 스쿨에서의 시간은 꽃을 업으로 삼고 난 다음, 아니 내 인생을 통틀어 가장 행복한 때가 아니었을까 하는 생각이 든다. 물론 이곳에 오기까지 과정은 만만치 않고, 내 여건을 고려할 때 어울리지 않게 과분한 호사를 누리고 있는 것 같아 마음이 불편하기도 했다. 하지만 이곳은 분명 플로리스트로서 발을 떼고 더 넓은 세계로 나가는 데 용기를 주고 꿈을 키워준 곳이었다.

이곳에 있는 동안 플로리스트가 되길 참 잘했다는 생각을 자주 했다. 하고 싶은 일에 확신을 가질 수 있었고, 내가 정말 이 일을 좋아하고 잘하고 싶어 한다는 사실을 깨달았다. 삶을 더 긍정적으로 보게 됐고, 도전하는 일이 두렵지 않았다. 참으로 감사한 시간이었다.

벌써 20년도 더 지난 추억이다. 학교도 역사 속으로 사라져 문을 닫게 되었다. 하지만 지금도 일을 하다 힘이 들 때면 눈을 감고 그 시절의 시간들을 떠올린다. 어둡지만 따뜻했던 기숙사 방의 백열등, 처음 보는 꽃과 식물들이 피어나던 정원, 나를 라이언이라 불러주던 사람들 그리고 감수성의 안테나를 민감하게 켜놓고 매일매일 새로운 경험을 흡수하던 내 젊은 모습을 상기하며 스스로를 다독인다.

'열흘 동안 붉은 꽃은 없다(花無十日紅)'는 말이 있는데, 365일 중 10일만 붉게 물들어도 괜찮다. 찬란한 한 순간의 시간은 남은 날을 살아갈 동기가 되어주기도 하니까.

열심히 꽃을 다듬고 있는데, 맞은편 작업대에서 꽃을 다듬던 앨런이 가위를 내려놓으며 말을 건넨다.

"라이언, 우리 이따가 일 마치고 소호(Soho) 갈 건데, 너도 같이 가지 않을래?"

"너희 올드 콤튼(Old Compton St.) 갈 거잖아. 나는 게이도 아닌데 거긴 뭐 하러 가?"

올드 콤튼은 런던의 소호 거리에서 게이 바와 게이 클럽 등이 특히나 많이 있어서 동성애자들의 커뮤니티로 손꼽히는 곳이다. 앨런은 동성애자이다.

"이첨, 닌 게이 아니시. 미안해, 자꾸 까먹네."

옆에 있던 다른 동료가 한 술 더 뜨며 말한다.

"라이언, 너 게이 아니었어? 진짜 이상하네(very strange)."

플로리스트만큼 성비가 일방적인 직업군이 있을까? 한국에서 플로리스트로 활약하는 이들 중 대다수는 여성이다. 정확한 통계는 아니지만, 20년 가까이 일하고 있는 내가 느끼는 체감 성비는 9 대 1 정도로 여성이 압도적인 것 같다. 반면 영국에서 플로리스트 종사자의 성비는 여성과 남성이 거의 비슷하거나 아무리 보수적으로 계산해도 여성과 남성의 비율이 7 대 3 정도는 될 것이다. 그런데 우리와 다르게 눈여겨봐야 할 것이 있으니 남성 중 동성애자의 비율이 굉장히 많다는 사실이다.

내가 일했던 회사만 해도 동료인 앨런, 제이미, 스티브 그리고 헤드매니저인 사이먼 등이 있다. 차라리 동성애자가 아닌 남성을 찾는 것이 더 쉽고 간결하다. 나는 회사에서 꽤나 긴 시간 동안 혼자 이성애자 남성의 자리를 지켜왔다. 일반적인 사회에서는 동성애자를 성소수자라고 부르는데, 적어도 영국의 플로리스트 세계에서는 여성과 남성 동성애자 그룹에서 벗어난 내가 성소수자였다.

처음엔 이 사실을 인지하지도, 신경 쓰지도 않았다. 당시 한국 사회에서 동성애는 아직 활발하게 논의되지 않았다. 동성애에 대한 사회적인 인식, 동성애자를 어떻게 바라보고 그들의 권리를 어디까지 받아들일 것인지 논쟁조차 활발하게 벌어지지 않았다. 영국으로 오기 전까지 솔직히 나도 동성애에 대해 제대로 알지도 못했고, 생각해 본 적도 없었다. 그저 '꽃 일'을 한다고 했다가 남자가 왜 여자 일을 하느냐는 불쾌한 핀잔을 들은 일, 남성 연예인이 커밍아웃을 했다가 사회의 암묵적 지탄을 받고 거의 매장되는 모습을 지켜본 정도가 내 삶의 범위에서 겪어본 동성애와 관련된 경험이었다.

하지만 런던에서 플로리스트로 직장생활을 하면서 자연스레 '동성애적 문제'와 맞닥뜨리게 되는 일들이 많아졌다. 플로리스트라고 하니 나를 당연히 동성애자로 받아들이는 사람이 많았다. 함께 일하는 플로리스트뿐 아니라 영국에서 살고 있는 한국인들도 마찬가지였다. 지인의 소개로 알게 된 교포분의 집에 초대를 받고 방문한 적이 있었다.

"이야기 많이 들었어요. 런던에서 플로리스트로 일하고 있다면서요? 역시 세이는 창의적인 일에 재능이 있나 봐요."

순간 정적이 흐르고, 함께 초대 받아 갔던 다른 친구들은 밥그릇에 코를 박고 큭큭 터져나오는 웃음을 참아냈다.

"저… 게이 아닌데요."

분위기를 망칠 수는 없었기에 최대한 정중하게 말씀드렸다.

"어머, 미안해요! 나는 당연히… 아, 아니… 식…식사 맛있게 하세요."

그분은 어색한 순간이 지난 뒤에도 분위기를 수습하려고 다시 한번 사과도 건네고, 부단히 신경을 썼다. 하지만 나의 마음이 편해질 리 없었다. 물론 그분이 매너가 없어서 나의 마음에 비수를 꽂았다고 생각하지는 않는다. 그분은 유학생들 사이에서 밥 잘 챙겨주는 마음씨 따뜻한 교포 아주머니로 소문이 난 분이었다. 아무래도 영국에서 오랫동안 살다 보니 영국인들과 비슷한 고정관념, 즉 남성 플로리스트들은 동성애자가 많다는 인식이 생긴 것이다.

상황이 이렇다 보니 누군가에게 나를 소개해야 할 일이 있으면 상대가 묻지도 않은 나의 성정체성을 미리 알려주게 되었다.

"안녕하세요. 저는 플로리스트이고요, 이성애자입니다."

한국에 돌아와서도 상황은 별반 달라지지 않았다. 몇몇 언론사에서 인터뷰 제의를 받은 적이 있는데, 주제는 플로리스트의 일이 아닌 '남자로서 꽃 일을 하면서 겪은 애환'에 초점이 맞춰져 있었다. 한번은 지역 방송에서 나를 취재하고 싶다는 연락을 받았다. 그때는 막 개업을 한 시기라 홍보에 도움이 될까 싶어 취재에 응했다.

방송의 주제는 '성역을 깨뜨린 사람들', 그러니까 성(性)의 역할을 깨뜨린 사람들이란 것이었다. 주제와 상관없이 나는 카메라 앞에서 열심히 꽃을 다듬으며 리포터의 물음에 답을 해주었다. 드디어 방송이 있던 날, 아내와 함께 티브이 앞에 앉았다. 남녀 아나운서가 나를 소개하는 멘트들을 주고받았다. 콘셉트 방향이 정해져 있어 당연한 것이었겠지만, "남자가요? 꽃을요?" 하는 대화가 이어졌다. 패널 중 한 명이 "저분 오해 많이 받으셨겠는데요?" 하자 다른 사람이 "이미 결혼하셨습니다"라고 응수했다. 그러자 패널들 사이에 "다행이다", "잘됐다" 하는 어이없는 말들이 오고 갔다. 나는 그 방송을 볼 마음이 사라졌다.

다행스럽게도 지금 사회는 예전보다 진일보했다. 동성애에 대한 논란이 여전하긴 하지만, 동성애를 바라보는 시선이 예전보다 유연해졌고 직업에 따른 성의 역할에 대한 시선 또한 다양해졌다. 나 또한 남성 플로리스트로 일하면서 겪은 크고 작은 문제에서 자유로워졌다. 꽃 일을 하면서 나이 먹은 아재의 성정체성 따위에 관심이 있는 사람은 굉장히 드물 테니까. 플로리스트로 일하는 시간 동안 나를 향한 시선과 사회적 편견은 굉장한 스트레스였다.

그럼에도 나는 플로리스트로 살게 되어 감사하다고, 참으로 다행이라고 생각한다. 세상을 바라보는 시선을 조금이나마 넓게 된 것도, 사회에서 소수자로 살아가는 이들의 목소리에 귀 기울일 수 있는 태도를 그나마 갖출 수 있게 된 것도 플로리스트로 일한 덕분이다. 아마 이 일을 하지 않았더라면 그런 사람들이 있다는 사실도 자각하지 못했을 것이다.

사회는 다수의 의견을 반영한다. 큰 목소리가 정의이고 옳은 것이라 여기기 쉽다. 소수가 주장하는 의견은 큰 목소리에 묻히고 사라진다. 의견이 다르다고 해서 틀린 것은 아닐 텐데, 받아들여 주는 사람이 드물다.

영국에서 나는 이방인이자 외국인 노동자였다. 한국에서든 영국에서든 외국인 노동자를 바라보는 시선이나 외국인 노동자의 처지는 별반 다르지 않다. 외국인 노동자가 겪는 감정도 비슷할 것이다. 낯선 문화, 낯선 관습이 적용되는 사회에서 일하다 보면 서운한 것도, 서글픈 것도 많다. '외국인(동양인, 동남아 사람, 중동 사람 등)'이라는 편견이 주변 사람들의 시선에 공고하게 자리 잡고 있었다는 사실을 알게 되는 순간에는 슬픔을 넘어 분노의 감정도 울컥울컥 차오르기도 한다.

뜻하지 않게 성정체성에 오해를 받아오고, 외국인 노동자로 일했고, 지금도 극강의 성비 불균형으로 기울어진 업계에서 살아가고 있다. 단순히 꽃이 좋아 플로리스트가 되었을 뿐인데, 필연적으로 나는 경계인이거나 외부인이거나 소수자이다. 하지만 과연 중심인물, 내부인, 다수자로 온전히 살아가는 사람이 있을까? 직업, 취향만 따져봐도 세상에는 별의별 일과 다양한 사람들이 가득하다. 기준을 달리하면 누구나 개성 있는 소수자가 된다. 꽃의 세계를 건강하고 풍성하게 만드는 건 바로 다양성이다. 우리는 모두 존중받아야 하는 소중한 꽃이다.

플라워 스쿨에서 어느덧 마지막 학기도 끝나가고 있었다. 날이 갈수록 왠지 모를 불안감과 아쉬움에 마음이 착잡했다. 교육 과정을 이수하고 이대로 한국으로 돌아간다고 생각하니 한국에서 펼쳐질 새로운 삶에 대한 희망보다 영국에서의 6개월 동안 하루하루 신선한 경험을 한 삶에 대한 미련이 짙게 남았다. 나는 영국이라는 나라에서 플로리스트로서의 삶을 더 많이 경험하고 배우고 싶었다. 그러기 위해선 취업이 가장 좋은 해결책이었다.

낯선 나라에서, 연고도 없이 일자리를 얻는다는 건 쉬운 일이 아니었다. 플로리스트로 취업하기 위해서는 반드시 필요한 세 가지 서류가 있었다. 이력서, 포트폴리오, 추천서였다. 포트폴리오는 자신의 작품 사진집을 말한다. 추천서(Reference)는 영국만의 독특한 문화라고 할 수 있는데, 구직자의 신분을 보증해 주는 편지 형태의 글이다. 보통은 전 직장의 상사가 써주는데 처음 취업을 준비하는 신규 구직자의 경우 교육을 맡았던 교사나 교수가 그 역할을 대신한다.

세 가지 서류를 준비하는 데에만 한 달이 훌쩍 지나갔다. 특히 포트폴리오를 만드는 데 공을 많이 들였다. 어떻게 하면 고용주 입장에서 매력적으로 보일지 사진을 떼었다 붙였다 하면서 다양한 콘셉트로 만들었다.

취업에 집중하기 위해 플라워 스쿨의 기숙사를 떠나 런던의 허름한 하숙집에 짐을 풀었다. 짐이라고 해봤자 한국에서 영국으로 올 때와 마찬가지로 여행용 트렁크 하나가 전부였다. 이곳에서는 일주일만 지내기로 했다. 얻고 싶은 일자리를 물색해 보니 런던에서는 스무 곳 정도의 플라워숍이 눈에 들어왔다. 하루에 서너 군데씩만 찾아가도 일주일 정도는 되지 않을까 싶었다. 일주일 안에 취직하지 못한다면 한 달이든 두 달이든 시간이 지나도 똑같을 거라 생각했다. 사실 나에게는 런던에서 일주일 넘게 머물 여윳돈이 없었다.

불편한 잠자리에서 일어난 첫째 날, 아침을 든든하게 먹고 하숙집에서 공짜로 제공하는 식빵에 잼까지 듬뿍 발라 점심으로 챙겼다. 가방에는 포트폴리오, 추천사, 이력서를 보물단지처럼 고이 모셔두었다.

취직 리스트에 올려두었던 플라워샵을 호기롭게 찾아갔지만, 결과는 신통치 않았다. 하나같이 채용 계획이 없다는 말을 들었다. 몇몇 군데의 대표들은 내가 정성스레 준비한 포트폴리오를 한두 장 넘겨보긴 했지만, 그저 예의상 하는 행동일 뿐, 관심이 있는 눈치가 아니었다. 이틀째도, 사흘째에도 똑같은 일들이 벌어졌다.

넷째 날, 하숙집에서 싸온, 잼을 바른 식빵으로 빈속을 달래면서 내가 하고 있는 구직 활동을 돌이켜 보게 되었다. 내 딴에는 직접 찾아가 나 자신을 홍보하는 모습이 좀 더 열정적으로 보이고, 고용주에게 긍정적으로 어필할 수 있지 않을까 싶었는데, 업체 입장에서는 부담스러울지도 몰랐다. 고용주는 채용할 계획도 없는데, 외국인 학생이 다짜고짜 찾아와 들이대면 난감할 수도 있었다.

나는 먼저 전화로 연락해서 채용계획이 있는지부터 확인하는 것으로 작전을 바꿨다. 당시는 스마트폰으로 검색해서 연락처, 주소, 가는 방법 등을 손쉽게 파악할 수 없었다. 나는 가까운 서점으로 향했다. 잡지 중 〈Time Out〉이라는 생활잡지가 있는데, 패션을 다루는 섹션의 맨 뒤편에 런던에서 인기 있는 플라워숍, 옷가게, 레스토랑 등의 리스트가 있다. 나는 책장을 뒤져 잡지를 뽑아 든 뒤 플라워숍 리스트에서 전화번호와 주소를 메모지에 옮겨 적었다. 서점을 나와 빨간색 공중전화 부스를 찾았다. 그리고 몇 차례 길게 심호흡을 하고 옮겨 적은 전화번호를 눌렀다.

역시나 전화를 해도 상황은 달라지지 않았다. 대부분 현재 채용 계획이 없다는 답변뿐이었다. 그런데 거절이 계속될수록 묘하게 자신감이 생겼다. 얼굴을 직접 보지 않고 오직 목소리만으로 소통하게 되자 왠지 스스럼없이 이것저것을 물어보게 되고, 상대방의 말에 온 신경을 집중하니 영어를 알아듣는 능력 또한 쑥쑥 향상되는 느낌이었다. 그렇게 전화를 돌리다가 드디어 인연을 만났다.

"플라워숍입니다."

"안녕하세요? 플로리스트로 취업을 알아보고 있습니다. 혹시 채용 계획이 있나요?"

"음, 잠시만 기다려 주세요."

그동안 약속이라도 한 듯 완곡한 거절을 당해왔는데, 이런 반응은 처음이었다. 나는 순간 말문이 막혔다. 수화기 저편에서는 몇몇이 대화를 나누는 소리가 들렸다. 꿀꺽하고 침이 절로 삼켜졌다.

　"네, 채용 계획이 있습니다. 그런데 영국인은 아니죠? 국적이 어디인가요?"

　"사우스 코리아(South Korea)입니다."

　"사우스… 어쨌든 좋습니다. 인터뷰를 해야 할 것 같은데 지금 올 수 있나요? 주소 알려줄게요. 여기는…."

　우리나라의 위상이 지금처럼 높을 때가 아니라서 전화 받은 사람은 대한민국이 지구의 어디에 있는지 모르는 눈치였다. 아쉽긴 하지만, 지금 나에겐 그 사실이 중요한 것이 아니었다. 나는 긴장되면서도 흥분되는 마음을 애써 가라앉히면서 면접을 보러 갔다.

　매니저로 보이는 사람이 영어 실력을 테스트해 보려는 듯 시시콜콜한 몇 가지 질문을 던져 가볍게 대화를 나누었다. 이후에는 여기에 있는 무슨 꽃이든 사용해도 좋으니 핸드타이드(꽃다발 만들기)를 해보라고 했다. 당시에도 손으로 꽃을 만드는 것이라면 무엇이든 자신 있었다. 내가 만든 결과물을 두고 매니저는 다른 직원들을 불러 낮은 목소리로 의견을 주고받았다. 과연 저들이 무슨 이야기를 주고받을까 심장이 요동치는 순간, 그가 나를 돌아보며 말했다.

"함께 일하면 좋을 것 같네요. 언제부터 출근이 가능한가요?"

'아, 드디어!'

속으로는 두 팔을 벌려 만세를 외치고 있었지만, 나는 잠시 고민하는 척하고 대답했다.

"내일부터요!"

런던에서의 '외노자' 플로리스트 생활은 그렇게 시작이 되었다. 그리고 이곳에서의 경력을 발판 삼아 몇 군데 더 회사를 옮겼다. 마지막으로 근무한 회사는 '제인 패커(Jane Packer) 플라워'라는 곳이었다. 플로리스트로서 가장 일해보고 싶은 곳이었다.

제인 패커에서 정직원이 된 이후부터 런던에서의 생활도 한층 안정되었다. 급여도 내 한 몸 건사하는 데 충분했다. 근무시간과 휴일도 칼같이 지켜지는 나라이다 보니 여행도 참 많이 다녔다. 물론 좋은 일만 경험했던 건 아니다. 일하는 틈틈이 말 못 할 고민이나 조마조마한 상황들은 자주 있었다. 함께 일하는 동료들이 대부분 심성이 착한 건 행운이었다. 그들 덕분에 크고 작은 시련을 이겨낼 수 있었다.

나의 주요 업무는 런던 중심가에 있던 셀프리지(Self-ridges) 백화점 내부에 꽃장식을 하는 일이었다. 동료인 로라와 짝을 이루어 이른 아침부터 백화점이 오픈하는 10시 전까지 전 층을 뛰어다니며 매장 곳곳을 꽃으로 장식했다. 분초를 다투는 일이었지만, 어느 날은 우리도 놀랄 만큼 일을 일찍 끝내고 나서 아무도 없는 백화점 안을 마치 제 집인 양 느긋하게 걸어다녔다. 로라와 나는 심지어 매장에 진열된 옷들을 걸쳐보기도 했다. 지금 생각해 보면 CCTV로 지켜보고 있을 보안직원들이 출동해서 주의를 줘야 하나 말아야 하나 엉덩이를 들썩거렸을지도 모르겠다.

정신없으면서도, 한편으론 행복했던 시간은 1년 반쯤 뒤에 마무리를 짓게 됐다. 퇴사를 결심하게 된 이유는 나를 채용해 준 매니저 사이먼의 퇴사가 가장 컸다. 그는 좋은 리더였다. 우리나라에서 근무하고 있는 외국인노동자들도 아마 나와 비슷한 일을 육체적, 정신적으로 겪고 있을지 모르겠다. 외국인 노동자로 살아가는 사람에겐 눈에 보이지 않고 말을 꺼내기도 애매한 구분이 공기처럼 떠도는 것 같다. 그 와중에 사이먼은 외국인인 나를 신뢰하고 아무런 차별 없이 정직원으로 채용해 준 사람이었다. 그가 떠나자 예전에는 없었던 불평과 불협화음이 회사 내에서 쏟아졌다. 나뿐 아니라 그의 빈자리를 많은 사람이 느끼고 아쉬워한 것 같다.

게다가 새로 온 매니저는 나의 비자를 문제 삼아 사사건건 나를 불편하게 했다. 그 때문인지 마음 한켠에 꾹꾹 묵혀두었던 향수병이란 것도 봇물처럼 터져나왔다. 돌아보면 잠시 한국으로 돌아와 재충전을 하고 런던에서 계속 직장생활을 이어나갔으면 어떻게 됐을까 자못 궁금하다. 하지만 당시에는 퇴사를 결정하는 데 크게 아쉽지 않았다. 입사해서 일하고 싶은 제인 패커에서 1년 반 동안 많은 일을 경험했다. 더 경력을 쌓아서 매니저까지 승진을 꿈꿔볼 만도 했지만, 외국인으로 일해보니 그 단계까지 올라가는 일이 결코 만만치 않아 보였다. 이제 영국에서 플라워 스쿨과 다양한 플라워숍에서 경험한 일을 바탕 삼아 한국으로 돌아와 새로운 도전을 해보기로 마음먹었다.

지금 생각해 보면 힘들더라도 그 환경을 이겨내고 좀

더 도전해 보았으면 어땠을까 하는 아쉬움도 남지만, 이 시절의 경험은 내 삶에서 가장 값지고 의미 있는 시간으로 여전히 남아있다.

제인 패커에서 근무할 때의 일이다.

"이 꽃들… 괜찮을까?"

로라가 근심 가득한 눈빛으로 나를 바라본다. 걱정이 더해지니 푸른빛을 띤 그녀의 눈동자가 더욱 짙고 깊어 보인다.

"글쎄, 흐음… 어렵지 않을까?"

그녀의 물음에 나 역시 물음으로 대답한다. 하지만 우리 둘은 이미 답을 알고 있었다. 사나흘쯤은 너끈히 괜찮을 줄 알았던 꽃들이 갑작스레 더워진 날씨 탓에 생기를 잃고 목줄기를 축 늘이뜨렸다. 이 상태라면 줄기를 다시 자르고 물 올리기를 시도한다고 해도 실패할 확률이 높다. 물 올리기에 성공한다고 해도 그건 심폐소생술을 시도하고 있는 상황이나 마찬가지다. 단 1, 2도의 온도만 차이 나도 다시 생기를 잃어버릴 것이다. 안타깝게도 이 꽃들은 상품으로서의 가치를 상실해 버렸다.

우리는 매니저인 사이먼에게 보고하고 꽃들을 모두 폐기하기로 했다. 꽃을 폐기한다는 건 말 그대로 가위로 댕강댕강 잘라 쓰레기통에 버리는 일을 뜻한다. 참 잔인한 짓이지만, 사실 이 방법 외에 달리 할 수 있는 것이 없다. 그나마 인도적이라고 할 수 있는 방식은 플로리스트들이 퇴근할 때 집으로 가져가는 것이다. 이렇게 되면 평범한 사람들은 아마 꽃들이 꽃 전문가들의 손길을 받아 그들의 거실 한구석에 있는 유리병에 꽂힐 거란 생각이 들 것이다. 하지만 그런 꽃들은 극히 일부에 불과하다.

플로리스트에게 꽃은 기쁨이기도 하지만, 곧 일을 의미한다. 직장에 출근해서 하루 종일 꽃들을 자르고 다듬고 씨름하고 왔는데, 집에 돌아와서도 그 일을 반복하는 건 때론 고역이 되기도 한다. 때문에 이 꽃들은 일반적인 생각과 다른 용도로 쓰인다. 다행히도 아주 훈훈하게.

"여러분, 오늘도 팔리지 못한 꽃들이 많이 나왔네요. 가져가실 분?"

업무를 마치기 직전, 사이먼이 양동이 한껏 꽃들을 담아놓고 인류애 가득한 플로리스트를 애타게 찾는다. 오늘은 지원자가 많다. 집에서 조촐하게 파티를 할 건데 잘됐다며 가져가는 동료, 부모님 집에 들러 전해주면 좋겠다는 동료도 있다. 나도 몇 송이 거들었다. 꽃을 줄 '친구'가 있기 때문이다. 양동이 가득 꽂혀있던 꽃은 이렇듯 쏙쏙 뽑혀져 나갔다. 꽃을 가져가기로 한 사람들은 포장지를 적당한 길이로 잘라 간단히 포장하고 퇴근길에 나섰다.

지하철을 타고 집으로 가고 있는데, 내 손에 들린 꽃을 바라보는 시선이 느껴진다. 나와 맞은편에 앉은 사람이 꽃과 나를 번갈아 바라보고 있다. 나와 시선이 마주치자 살짝 눈인사를 건네며 조용히 말을 건넨다.

"예쁘네요."

"감사합니다."

나 역시 그 사람에게 나직한 목소리로 응답한다. 꽃을 통해 맺어지는 이 짧은 순간의 공감대가 무척이나 좋다. 꽃을 선물할까 잠시 생각했다가 참는다. 이 꽃을 기나리고 있을 사람이 있기 때문이다.

지하철역에서 내려 몇 분을 걸어가 드디어 목적지에 닿았다. 강한 치킨 향이 코를 찌른다.

꼬르륵. 마침 배 속에서 잘 튀긴 치킨과 감자튀김을 어서 넣어달라고 조르는 것만 같다.

"헬로, 마이 프렌드!"

문을 열고 들어가자 익숙한 얼굴이 나를 맞았다. 나는 그의 이름을 모른다. 그 역시 내 이름을 모를 것이다. 하지만 그는 나를 항상 '프렌드'라고 부른다.

이곳은 런던, 내가 사는 동네에 있는 조그마한 치킨집이다. 인도나 파키스탄, 중동 지역의 이민자들이 많이 살던 이곳은 유난히 치킨집이 수두룩하다. 저렴하고 익숙한 맛의 치킨은 케밥과 더불어 나의 주식이었다. 맛도 맛이지만, 가난한 외노자인 나의 든든한 단백질 보충원이 되어주었다.

그날도 꽃을 들고 퇴근했다. 집에 들어가기 전에 치킨을 사러 이곳에 들렀는데 마침 계산대에 있던 '프렌드'가 꽃이 예쁘다며 내게 말을 건넸다. 꽃을 집까지 가져가는 것도 귀찮게 느껴져 괜히 가져왔다며 후회하던 참이었다.

"원한다면 이 꽃 드릴게요, 받을래요?"

얼굴에서 생글생글 웃음이 사라지고, 정색하는 낯빛을 띠며 그가 물었다.

"얼마예요?"

생각지도 못한 그의 반응에 나는 잠시 당황했다. 이내 차분하게 설명을 보탰다.

"아, 저는 플로리스트예요. 이 꽃은 상품으로 팔 수 없는 거라 집으로 가져가는 거예요. 돈은 필요없습니다."

그는 다시 활짝 웃더니 고맙다는 말을 연신 건네며 나의 꽃을 받아 들었다. 그러곤 치킨의 날개며 다리며 감자칩을 주섬주섬 더 챙겨주었다. 그러더니 언제든 자신에게 꽃을 주면 치킨을 더 주겠노라고 말했다. 그렇게 맺어진 우리의 '프렌드십'은 꽤 오랜 시간, 내가 이사를 가기 전까지 이어졌다.

상품성을 잃었다고 하지만 꽃은 여전히 꽃이다. 꽃으로 대가 없는 나눔을 주변 사람들에게 실천하며 서로의 온기를 주고받는 건 소소한 행복이었다. 때론 나는 단골집의 '프렌드'뿐 아니라 지하철에서 눈인사를 건넨 사람처럼 아무 인연이 없는 이들에게 꽃을 건네주기도 했다. 뜻밖의 꽃을 선물받은 상대방은 나를 가볍게 안아주기나 손을 내밀어 악수를 청했다. 그럴 때면 직장에서 겪은 크고 작은 시련도 잠시 잊고, 사람의 정을 느낄 수 있었다.

플로리스트는 꽃으로 세상과 사람들을 만난다. 화가 나거나 불쾌한 상태에서 꽃을 사는 사람은 찾아보기 힘들다. 대개는 축하할 사람을 위해, 기념할 일을 함께하기 위해 꽃을 산다. 플로리스트로 일하는 입장에서는 너무도 감사한 일이다. 그럼에도 판매자와 구입자라는 관계에서 오는 불편한 간극이 있다. 바로 '가격'이라는 것이다.

상품으로서의 가치를 상실한 꽃을 얻게 되는 날은 이런 간극에서 자유로운 날이 되었다. 마음이 한없이 편안한 상태로 낯선 이들에게 꽃을 나눠주면서 치유받는 기분이었다. 꽃을 마음껏 나눠주며 행복을 느낄 수 있는 일은 나에게 가장 큰 '플렉스'이자 복지 혜택이었다.

요즘도 퇴근할 때 간혹 남은 꽃을 집으로 가져온다. 버려질 수도 있는 꽃을 챙기면서 우리 집 거실을 예쁘게 꾸미고 싶은 생각도 들고, 귀가 도중 낯선 누군가에게 꽃을 건네고 따뜻한 인사를 나누고 싶은 생각도 든다. 하지만 런던에서 스스럼없이 했던 그 행동을 우리나라에선 망설이게 된다. 혹시 이상한 사람으로 오해를 받거나, 무슨 목적을 가지고 접근하는 것처럼 보이지 않을까 생각하게 된다. '묻지 마 폭행', '마약이 든 음료 권유' 등의 흉흉한 사건이 벌어지다 보니 더욱 위축된다.

언제쯤 퇴근길에 낯선 누군가에게 자연스레 꽃을 건네줄 수 있는 날이 올까? 아마 소심한 나와 무거운 사회 분위기 모두 조금씩 바뀌어야 가능한 일일 것이다. 다만 그런 날이 온다면 우리는 지금보다 여유로운 사회를 살고 있지 않을까?

새벽 설렁탕에 소주 한잔으로 빚어낸 거름

서울에 와서 처음 직장을 얻은 곳은 백화점이나 호텔 등에 조화를 디스플레이 하는 곳이었다. 꽃에 관심이 없는 사람이라면 백화점에 가더라도 꽃이나 식물이 이렇게나 많이 있는 줄은 모를 것이다. 정문, 엘리베이터 옆, 층과 층 사이 그리고 매장마다 꽃으로 꾸며놓은 공간이 셀 수 없이 많다.

플로리스트가 직업인지라 나는 백화점에 갈 때마다 진열된 상품보다 이런 공간들을 장식하고 있는 꽃들에 먼저 눈이 간다. 특히 계절이 바뀌는 환절기 무렵에는 나는 꼭 백화점에 간다. 백화점 입장에서는 고객을 끌어들이기 위해 계절이 바뀌기에 앞서 대대적으로 디스플레이를 바꾸는데, 이렇게 연출한 장식물을 보며 트렌드도 파악하고 새로운 아이디어를 얻기도 한다.

그런데 그 시절 그 분야에서 일하면서 겪은 고충이 있다. 백화점이나 호텔은 작업량도 방대하고, 작업할 곳도 많다. 문제는 사람들이 드나드는 낮에는 작업할 수 없고, 영업이 종료된 밤에만 일이 가능하다는 것이었다. 한마디로 낮과 밤이 뒤바뀌는 일상을 살아야 한다는 뜻이다. 내가 일했던 곳이 바로 이런 곳이었다.

회사에 출근한 첫날, 대표님과 간단하게 미팅을 했다.

"곧 크리스마스 시즌이 시작됩니다. 앞으로 일이 정말 많을 거예요."

때는 9월이었다. 거리에는 사람들이 여전히 여름옷을 입고 활보하고 있었지만, 플라워 업계는 겨울을 준비하고 있었다. 디자인과 콘셉트를 결정하고 시안을 만들고, 회사 내에서 임원진과 실무진 사이 컨펌이 한창 진행 중이었다. 그때까지 생화만 다뤄온 나로서는 처음 겪는 일이었다.

대표님의 말씀이 이어졌다.

"우리가 맡고 있는 업체들이 많아요. S백화점, L백화점, H호텔, S호텔. 그리고 얼마 전에는 아베다 론칭 행사도 맡아서 했어요."

대표님이 그때 쓰인 브로슈어를 보여주었다. 'AVE DA'. 화장품 브랜드라 했는데 처음 보는 곳이었다. 화장품에 관심이 없는 내가 알 턱이 없었다.

"'에이비다'요?"

나는 무심결에 스펠링을 영어 발음법에 맞춰 읽었다.

"응? 아, 우리 신입사원은 이걸 에이비다로 읽나 봐. 우리도 그렇게 발음해야겠는데…."

멋쩍게 웃는 대표님과는 달리 뒤편에 있던 다른 직원들의 눈길이 왠지 싸늘해지는 것을 느꼈다. 한참 후 결혼을 하고 이 일화를 아내에게 말해주었는데 이때 왜 동료들이 나를 그렇게 바라보았는지 대번에 알게 되었다. 아내는 안타깝고 답답하다는 말투로 "자기가 재수 없게 말했네. 눈치도 없이"라고 말했다. 나는 한국 직장생활의 첫째 덕목이라 할 수 있는 눈치도 탑재하지 않은 채 출근을 했던 것이었다.

런던에서의 플로리스트 생활을 부랴부랴 정리하고 들

어온 때였다. 한두 번 여행으로 서울에 와본 것을 빼곤 생애 대부분은 지방에서 지내온 나는 고시원에 짐을 풀었다. 영국에서의 생활은 약간의 향수가 밀려오던 때를 제외하곤 그럭저럭 힘든 일 없이 지낼만했다. 때문에 너무 즉흥적으로 귀국을 택한 건 아닐까 후회가 몰려오던 차였다. 고작 외국에서 몇 년 근무했다고 대우를 받을 것이라고 기대하진 않았지만, 처음부터 낮밤이 바뀌는 생활을 시작하게 될 줄은 몰랐다.

한국은, 특히 서울은 무한 경쟁의 도시였다. 도무지 정을 붙일 수가 없었다. 이역만리에서 말도 잘 통하지 않았던 런던에서의 일상과 그곳 동료들이 너무나 그리울 정도였다.

출근 첫날 대표님의 말대로 일은 정말 많았다. 본격적으로 크리스마스 디피에 들어가기 전이었지만, 매일 만들어야 할 시안들은 끊이지 않았다. 디자인팀에서 클라이언트와 협의해 나간 것들을 플로리스트들이 직접 만들고 그 결과물을 클라이언트에게 보여줘야 했다. 포토샵이란 프로그램에만 존재하던 것들이 실물로 탄생했다. 당연히 가상과 실제의 간극은 존재했다. 클라이언트의 반응에 따라 부분 수정이 아닌, 처음부터 다시 만들어야 하는 일들이 비일비재했다. 나는 요즘도 백화점에 층층이 장식된 작품들을 보면 자연스레 '저걸 만든 플로리스트들은 얼마나 많이 까이고, 몇 날 며칠을 고생했을까' 하는 측은한 생각이 앞선다.

육체적 노동보다 더 힘든 것은 그곳의 '공기'였다. 작업실에 내려앉은 무거운 분위기. 겉으로 드러나지 않지만 분명 서열이 존재하고 서로의 의견을 쉽게 주고받지 못했다. 점심시간이 되면 늘 함께 같은 식당에 가서 같은 메뉴를 먹어야 하고, 일주일에 한두 번은 회식에 참석해야 했다. 물론 함께 땀 흘리고 팀워크를 다져야 하는 사이다 보니 서로를 더 잘 알고 끈끈한 관계가 되어야 했다. 대형 크리스마스트리 등 설치해야 할 장식물은 혼자 감당할 수 없는 일이 태반이었다. 각자가 맡은 일에 충실해야 하면서도, 동료의 업무에도 손발을 맞춰야 했다. 때문에 늘 식사를 함께하고 잦은 회식은 필수였다. 문제는 내 성향이 그렇지 못했다는 점이다.

물론 그 당시 그곳에서 겪은 모든 일들이 힘들고 고된 것은 아니었다. 다양한 업무를 맡다 보니 나는 전기톱, 드릴, 심지어 용접기까지 각종 장비를 사용하는 방법을 두루 익힐 수 있었다. 플로리스트는 꽃 외에도 사용하는 소품들이 많다. 기성품을 주로 쓰지만, 장소나 여건이 맞지 않으면 소품을 손수 만들어야 하는 경우도 있다. 당시 배워둔 장비 사용법 덕에 지금도 어려움 없이 뚝딱뚝딱 필요한 것을 만들어 쓸 수 있다.

하지만 그때는 참 어리기도 했고, 외롭기도 했다. 서러운 일들은 왜 그리 많았을까? 본격적으로 크리스마스 시즌에 돌입하면서 일상은 확연하게 낮과 밤이 바뀌었다. 추운 겨울 밤, 손님이 모두 빠져나간 공간을 수많은 사람들이 모여 꽃과 트리로 채웠다. 졸다가 다치는 일도 부지기수였고, 사다리를 타다가 떨어지는 일들도 있었다. 그나마 실내에서 하는 작업은 나은 편이었다. 외부에 나가 일을 할 때면 정말로 고역이었다. 한밤의 칼바람은 어찌나 매서웠는지 아무리 내의를 껴입어도 오스스 소름이 돋았다.

어쨌든 일은 해가 뜰 무렵이면 끝이 났다. 아니, 끝을 내야 했다. 작업시간은 백화점 개장 전까지만 허락되기 때문이다. 작업을 마치면 언 몸을 녹이고 출출한 배를 채우기 위해 24시간 문을 여는 설렁탕집을 자주 찾았다. 뜨거운 국물로 부지런히 속을 녹이고, 소주를 마셨다. 그곳에서 처음으로 소주가 이토록 단맛이 날 수도 있다는 사실을 깨달았다. 굳이 소주를 마신 이유는 맛도 맛이었지만 낮에 잠을 자기 위해서였다. 몸은 피곤한데, 정신은 말짱한 채로 낮 시간을 보내고 밤에 출근하게 되면 그 날 하루가 몹시도 힘들었다.

그렇게 춥고 허기진 배 속에 뜨끈한 것을 채워넣고, 출근하는 사람들을 거슬러 지하철을 타고 집으로, 아니 고시원으로 돌아갔다. 씻는 둥 마는 둥, 발가락을 꼼지락거리면 얇은 합판 벽이 느껴지는 좁은 방의 침대에 누워 잠을 청했다. 해는 하늘에 떠있고, 술기운도 무용지물이 되어 멀뚱히 누워 천장의 벽지 무늬를 세다가 어쩌면 지금이 내 인생에서 가장 가난한 순간이 아닐까 싶은 생각을 하기도 했다. 돌아보면 그 생각이 맞았다. 가장 가난했기에 더 이상 떨어질 곳도, 어려울 것도 없었다. 이후에도 플로리스트로서 힘들고 고된 경험을 계속 겪었지만, 그때 맛본 '마라맛 직장생활'이 예방접종제가 되어준 덕인지 나는 좀 더 단단해지고 무던하게 난관을 견뎌낼 수 있었다.

'젊은 시절 고생은 사서도 한다'는 속담이 있다. 20대 시절로 돌아가고 싶다는 사람도 있는데, 나는 좀 더 나이를 먹어야 하는 것인지, 아니면 아직 철이 덜 든 것인지 그러한 속담에도, 젊은 시절을 동경하는 그 마음에도 동의하지 못한다. 그때의 방황과 불안은 그때로 족하다. 다만 막연하고 모호한 불안과 긴장들이 양분 가득한 든든한 토양이 되어준 것에 감사하다.

플라워 업계에서는 일명 '매출 3대장'이라 불리는 대목이 있다. 바로 어버이날, 밸런타인데이, 화이트데이인데 이 중 단연 최고의 매출이 이루어지는 날은 화이트데이다. 꽃을 선물하는 대상이 부모님도, 남자친구도 아닌 여자친구가 되는 날 전국의 모든 꽃집은 1년 중 가장 많은 판매를 기록하는 셈이다. 말인즉 부모님께는 못 하더라도 여자친구에게는 꽃을 선물하는 남자친구들의 속내를 읽는 것 같아 슬몃 웃음이 난다.

하지만 나에게 화이트데이는 기분 좋거나 유쾌한 경험보다 아직도 그 시절을 돌아보면 덜컥 가슴이 내려앉고 눈앞이 캄캄한 기억으로 남아있다. 헤어날 수 없는 악몽이 되었다.

'플로리스트'라는 직업명으로 나를 소개할 수 있게 된 지 4, 5년쯤 되었을 때다. 태권도를 배워본 사람들은 잘 알 테지만, 초보인 '흰 띠'를 벗고 '노란 띠'를 찰 때가 가장 허세에 차고 위험한 시기라고 한다. 겨우 태권도의 기본을 익히고 초보를 벗어난 수준인데, 스스로가 무술에 재능이 있다고, 증세가 심하면 무림의 고수라고 여기는 시기가 이 무렵이라고 한다. 플로리스트 세계에서 겨우 초보 딱지를 뗀 이 시기에 나는 너무 어렸고, 의욕은 쓸데없이 넘쳤다. 사고가 벌어지지 않는 것이 어쩌면 신기한 일이었을지 모른다.

그 시기에는 인터넷 상거래가 시간이 갈수록 폭발적으로 늘어났다. 연이 아니라 달 단위로 거래량이 확연하게 달랐다. '다음쇼핑', '인터파크', '11번가'… 지금은 쇼핑몰계의 터줏대감들이 되었지만, 그때에는 자고 일어나면 인터넷 쇼핑몰들이 하나둘 생겨났다.

지금의 기준으로 보면 헛웃음이 날 일이지만, 당시엔 인터넷 쇼핑몰에 자신의 상점을 내려면 상품을 들고 직접 해당 쇼핑몰의 MD를 찾아가 프레젠테이션을 해야만

했다. 한마디로 '빽'이 없으면 쇼핑몰 입점조차 할 수 없는 시절이었다. 그 시절 사회초년생인 내가 열정과 도전만으로 감히 범접할 수 있는 일은 아니었다. 게다가 입점을 하기 위해서는 이래저래 적지 않은 돈도 필요했다. 마침 좋은 분을 만나게 되어 나는 동업의 개념으로 인터넷 쇼핑몰에서 사업을 할 수 있게 되었다.

주력 상품은 꽃다발과 꽃바구니였다. 고객이 쇼핑몰에서 우리 상품을 결제하면 택배로 배송해 주는 일이었다. 방식은 지금과 별반 다를 것이 없었다. 다만 당시에는 택배 회사가 지금처럼 많지 않았고 택배 시스템이 촘촘하게 구축되어 있지 않아서 배송하는 데 2, 3일 정도 시간이 걸렸다. 사달은 배송 기간을 간과한 나의 판단 착오에서 벌어졌다.

연초에 무사히 쇼핑몰 입점을 마친 우리는 3월에 있을 화이트데이에 사업의 명운을 걸었다. 화이트데이에서 고객들에게 적극적으로 어필하면 그 분위기를 5월 어버이날까지 이어갈 수 있을 거라 기대했다. 그렇게만 된다면 창업비용을 넘어 사업이 안정적으로 자리를 잡을 수 있으리란 부푼 희망을 품고 있었다.

우리가 화이트데이를 위해 야심차게 준비한 상품은 꽃다발 혹은 꽃바구니와 생크림 케이크로 구성된 세트 상품이었다. 사실 꽃과 케이크는 그리 특별할 것 없는 정형화된 상품 조합이었다. 차별화는 바로 '생크림'에 있었다. 다른 업체들은 주로 꾸덕꾸덕하고 맛도 밍밍한 버터크림 케이크를 판매했는데, 우리는 부드럽고 고급 스러운 생크림 케이크를 고집했다. 이미 백화점에 입점 한 고급 베이커리에서 생크림 케이크 200개를 계약해서 구매해 놓았다. 그 정도 분량이면 주문이 들어와도 무 리 없이 배달해 나갈 수 있으리라 생각했다. 화이트데이 를 며칠 앞두고 계약 건수가 100여 건이 넘게 들어왔다. 케이크뿐 아니라 꽃다발과 꽃바구니도 구성을 바꿔가며 완판을 목표로 밤낮을 잊고 준비했다.

그렇게 결전의 날이 다가왔다. 알바까지 총동원하여 100여 개가 넘는 꽃을 꽂았다. 첫 번째 상품은 3월 10일 쯤에 발송이 시작되었다. 그런데 발송하는 단계에서부터 문제가 터졌다. 택배 회사에서 우리 상품을 수거해 가지 않으려고 했다.

"아니 왜 그러세요? 배송 상품을 수거해 가지 않으면 어떡합니까? 지금까지 잘 해주셨잖아요."

나도 모르게 언성이 높아졌다.

"평소에 한두 개 보내던 업체가 이렇게 한꺼번에 몇 백 개씩 보낼 줄은 몰랐죠. 이러면 배송 사고 납니다. 저희가 기존 거래처 물량도 소화해야 하는데, 더 이상 받아드릴 수가 없어요. 미안합니다."

택배 기사님도 무척이나 당황한 듯했다.

"그래도 다른 방법이 없을까요? 이러면 저희 망해요."

애걸복걸하는 내 목소리에 난처해진 기사님은 잠시 망설이더니 어딘가로 전화를 걸었다.

"일단 사무실에서 50개 정도는 받아줄 수 있다고 합니다. 나머지는 내일 보내는 수밖에 없어요. 그리고…."

침을 꿀꺽 삼키며 무슨 말이 떨어질지 긴장하며 귀를 기울였다.

"제 차는 이미 다른 업체 짐들로 가득 차서 더 이상 실을 수가 없습니다. 택배 사무실까지 직접 가지고 오셔야 해요."

어쩔 수 없는 일이었다. 우리는 꽃과 케이크를 여러 대의 차에 나눠 실었다. 심지어 알바를 하러 온 분들의 도움을 받아 그분들의 차까지 빌려 30분 거리에 있는 택배 사무소를 찾아갔다. 말이 사무소지, 그곳은 차량 기지 같은 곳이었다. 어디서 모여든 것인지 택배 물건들이 커다란 산을 이루고 있었다. 무거운 짐 틈에 쉽게 부서지거나 으깨질 수 있는 꽃과 케이크 상자를 놔두고 돌아서는데, 발걸음이 쉽게 떼어지지 않았다. 첫날은 예상과는 달랐지만, 다행스럽게도 상품들을 발송할 수 있었다.

하지만 다음 날에도 비슷한 일이 벌어졌다. 어제만 해도 100개 넘게 보내야 할 상품이 있었는데, 겨우 50개를 보낼 수 있었다. 어제 보내지 못한 물량은 고스란히 오늘로 미루어졌고, 오늘 보내지 못한 물량은 또 내일로 미뤄져 쌓이게 된다. 이렇게 되면 화이트데이에 맞춰 배송이 되지 못하는 상품들이 발생한다. 하지만 더 큰 문제가 나를 기다리고 있었다.

첫날 상품을 발송하고 이틀 후부터 전화에 불이 나기 시작했다.

"여자친구가 받았는데 꽃은 다 찌그러져 있고 케이크는 흐물흐물해져서 도저히 먹을 수 있는 상태가 아니었대요. 당장 환불해 주세요!"

"케이크가 아주 뒤집어져 왔어요. 대체 케이크를 보낸 건가요, 호떡을 보낸 건가요? 이걸 선물하라고 판매하신 건가요?"

"꽃은 시들어 빠졌고 그나마 건질 건 다 부러져 있네요. 사진하고 전혀 다른데 어떻게 배상할 거예요?"

사이트의 게시판에도 비슷한 내용의 무시무시한 글들이 벽돌처럼 차곡차곡 쌓이고 있었다. 정말 어디라도 도망가고 싶은 심정이었다. 첫 번째 출고 상품에 대한 후기라 앞으로 며칠은 더 지옥 같은 상황이 벌어질 것이 눈에 선했다.

택배사에 연락해서 배송할 때 무슨 문제가 있었는지 알아보고, 고객들의 불만을 알려주고 하소연이라도 하고 싶었다. 하지만 그랬다가는 당장 배송 계약을 끊자는 이야기나 들을 것이 뻔했다. 그래도 상황을 파악하기 위해 택배 회사 사무실에 전화를 걸었다. 택배 회사 담당자도 마치 내 전화를 기다렸다는 듯이 목소리를 높였다. 케이크에서 흘러나온 생크림이 다른 택배 물품에 흘러들어가 어마어마한 클레임이 발생했다고 했다.

'맞다, 생크림 케이크!'

통화를 마치자마자 작업실로 달려갔다. 우리 상품이 냉장 보관을 하기엔 너무 많아 그나마 가장 시원한 작업실 한구석에 공간을 만들어 케이크 상자를 쌓아놓고 있었다. 그런데 갑자기 기온이 올라간 탓에 생크림이 스멀 스멀 녹으면서 케이크의 형체가 사라지고 있었다. 크림이 녹으면서 달콤한 향기가 창고 안에 진동했다. 달달한 향기가 그토록 눈물겹게 느껴진 건 그때가 처음이었다.

우리는 모든 상품의 판매와 발송을 중단하고, 구매한 이들에게는 전부 환불해 주기로 결정했다. 막대한 피해는 어쩔 수 없었지만, 판매자로서는 당연히 해야 하는 일이었다. 그제야 깨달았다. 왜 다른 업체에서는 맛없고 굳은 버터크림 케이크를 판매하는지.

생크림 케이크는 돈을 받고 팔 순 없어도 못 먹을 상태는 아니었다. 먹을 수 있는 케이크를 음식물 쓰레기로 버리자니 왠지 꺼림칙했다. 고민 끝에 나는 구청에서 운영하고 있던 '푸드뱅크'에 연락을 했다.

푸드뱅크 차량은 통화한 지 한 시간도 안 되어 사무실에 나타났다. 냉장용 트럭이었다. 기사님은 내 속도 모르고 방긋 웃으며 말했다.

"우와, 이렇게 많은 케이크는 제가 이 일 하고 나서 처음 보네요. 저희는 주로 혼자 계신 어르신들께 음식을 지원해 드리는데, 어르신들이 정말 좋아하시겠는데요!"

당시에는 내가 웃으며 화답하지 못했는데, 돌아보니 그렇게라도 머리를 써 좋은 곳에 기부해서 다행이었다.

어차피 2, 3일이 지나면 케이크는 완전히 녹을 것이고, 그렇게 되면 폐기 비용까지 내가 감수해야 할 상황이었다. 푸드뱅크와 나는 서로가 서로를 도운 셈이었다.

그 뒤로 많은 시간이 흘렀다. 우리나라 택배 회사의 배송 시스템은 획기적으로 발전했다. 꽃다발이나 꽃바구니가 다음 날 새벽에 배송될 수 있는 여건이 마련되었고, 이런 방식으로 판매하는 업체들도 많다. 그럼에도 나는 그 사건을 겪은 이후 절대 생화만큼은 택배로 판매하지 않는다. 나도 모르게 철칙이 생겼다. 꽃가위, 포장지 등 플로리스트에게 필요한 제품은 인터넷으로 판매하고 있지만, 내가 이 일을 그만두는 날까지 인터넷으로 생화를 판매하는 일은 없을 것이다.

3장

기쁨도, 절망도 꽃에서
피고 꽃으로 지는 운명

외발 자전거 위의 플로리스트

'사업 확장'.

자영업자에게는 가슴이 웅장해지는 말이다. 생계형 플로리스트인 나에게 사업의 확장은 숙명과도 같은 일이다. 사람들은 몸 상하지 않는 선에서 쉬엄쉬엄하라고 하지만 자영업자 입장에선 정말 큰일 날 소리다. 대한민국에서 자영업은 '모 아니면 도'다. 쉬엄쉬엄해서는 '도'를 유지할 수 없다.

개업을 하고 1년 정도는 무척이나 운이 좋았던 것 같다. 수강생들도 착착 들어와 주고 출강 문의도 이어졌다. 문제는 레슨이 많아질수록 꽃다발과 같은 상품 판매에 영향을 받는다는 점이었다. 수강생들을 가르치는 도중에 꽃다발을 구입하려는 손님들이 들어와 이것저것 묻는 일도 자주 생겼다. 고객 입장에서야 꽃집에서 레슨을 하고 있는지 몰랐겠지만 나는 수강생들을 가르치는 일도, 손님을 맞이하는 일도 집중하기가 어려웠다.

레슨과 판매. 매출을 생각하면 둘 모두 포기할 수 없는 것들이기에 공존할 수 있는 방법을 찾기 위해 여러 날을 고민했다. 결론은 매장을 하나 더 내는 것이었다. 지금의 작업실은 계속해서 레슨만을 하는 공간으로 두고 소매 판매를 전문적으로 할 수 있는 2호점을 내는 것이다. 그러던 중 뜻하지 않은 기회가 찾아왔다.

레슨을 마치고 2호점에 대한 고민을 수강생들에게 넌지시 털어놓았다.

"아, 선생님. 우리 백화점에 유휴 공간이 있어요. 안 그래도 거길 어떻게 할지 고민 중이었는데, 제가 내일 출근해서 자세히 알아보고 말씀드릴게요."

백화점에서 근무하고 있는 수강생이 뜻밖의 말을 했다. 레슨 도중 손님이 들어와 수강생들에게 좀 미안하기도 해서 한 말이었는데, 뜻하지 않게 누군가가 나에게 동아줄을 내려주는 기문이었다.

다음 날 곧바로 수강생에게서 연락이 왔다. 백화점 측에서도 꽃집 입점에 대해 긍정적으로 생각하고 있다면서 나를 만나보고 싶어 한다고 했다. 나는 부랴부랴 미팅을 준비했다. 사실 미팅은 크게 신경 쓸 거리가 아니었다. 담당자를 만나서 이야기를 들어보니 백화점 측에서는 꽃집 입점을 기정사실로 받아들이고 몇 가지 조율이 필요한 세부사항에 대해 논의하고 싶어 했다.

"우선은 사장님께서 매장 임차를 월세로 할지 아니면 수수료 형태로 할지 정해주셨으면 합니다. 수수료로 하신다면 저희 입장에서는 20퍼센트 정도를 생각합니다."

오래전 일이라 정확한 요율은 가물가물하지만, 대략 위와 같은 조건이었던 것 같다. 매출이 천만 원이면 200만 원은 백화점 측에게 수수료로 지급해야 한다는 뜻이다. 오픈 초기, 자리 잡기까지는 아무래도 시간이 걸릴 테고 매달 나가는 월세는 부담이 될 수밖에 없다.

그렇다고 해서 수수료 방식이 마냥 좋은 것도 아니다. 어느 자영업자가 한탄하듯 한 말이 있다. 죽이지도 않고, 살리지도 않을 만큼만 떼어가는 것이 바로 수수료라고. 매출이 아쉬울 때는 수수료 부담이 적어 버는 것이 없더라도 근근이 버틸 수 있다. 하지만 매출이 높아지면 떼이는 수수료도 자연스레 많아지게 되니 절대 큰돈을 벌수 없다. 그래서 죽이지도, 살리지도 않은 채 계속 일하게 하는 것이 수수료의 힘이란다.

고민 끝에 나는 월세를 선택했다. 수수료 방식을 선택하지 않은 건 백화점에서 제공하는 포스기를 따로 써야 하는 등 세세하게 불편한 사항들이 너무 많은 이유 때문이기도 했다.

돈을 쓰는 것은 언제나 즐겁다. 남의 돈이라면 더욱 그렇다. 2호점을 내면서 처음으로 '사업자대출'이라는 것을 받게 되었다. 첫 창업을 할 때는 아직 증빙할 수 있는 것이 아무것도 없어서 은행에서 대출을 받는다는 것이 거의 불가능했다. 우리 부부가 가진 온갖 적금과 보험 등 해약할 수 있는 것을 모두 깨고, 그것도 모자라서 형제들에게까지 손을 내밀어야 하는, 한마디로 '영끌'을 통한 창업이었다. 자영업자로 살고 보니 1년쯤 지나 증빙할 수 있는 서류가 생기고 '사업자대출', '운영자금대출', '사업확장대출' 등 이름도 웅장한 다양한 대출을 신청할 자격이 주어졌다.

15년차 사업업자의 시각에서 보면 '내출신성사석'이

란 것이 얼마나 무의미하며 한편으론 위험하기까지 한 유혹인지 잘 알지만, 그때는 이마저도 성장의 지표로 삼을 만큼 사리분간을 제대로 하지 못했다. 대출이란 남의 돈이 아니라 내일의 나에게 빌린 나의 돈이란 냉혹한 진실을 알지 못했다.

나는 그렇게 빚으로 지은 예쁜 2호점을 갖게 되었다. 초반의 실적도 걱정하는 만큼 저조하지 않았다. 지하 주차장과 백화점 매장을 연결하는 통로에 자리 잡은 나의 꽃집은 백화점 손님들이 들고나며 자연스레 구경할 수 있는 작은 눈요깃거리가 되어주었고, 보는 사람이 많은 만큼 소소한 매출이 계속해서 이어졌다. 자신감도 더해져 혹시 내가 경영에 소질이 있는 건 아닌지, 3호점도 해볼만하지 않을까 등등 지금으로선 낯간지러울 정도로 정신이 붕 떠있었던 듯싶다.

초반부터 승승장구할 것 같았던 백화점의 꽃집은 채 2년을 채우지 못한 채 정리하게 되었다. 폐점을 하고 물러나지 않았다는 사실에 그나마 위안을 삼는다. 당시 레슨을 받던 수강생 중 한 분을 이곳의 직원으로 채용했는데, 그분이 너무나 일을 잘해주었다. 본점과 2호점을 신경 쓰느라 힘들어하는 나 대신 2호점을 인수하고 싶다는 의향을 비춰 고스란히 인계하는 형태로 넘겨주게 되었다. 감사하게도 그분은 3, 4년 더 운영을 해주어 나의 실패를 만회해 주었다. 그분마저도 일찍 영업을 접게 됐다면 내 마음은 더더욱 힘들었을 것이다.

패착에는 여러 가지 원인이 있다. 가장 큰 이유로는 본점과 2호점의 거리가 너무 멀다는 것이었다. 러시아워 때면 2호점을 가는 데만도 한 시간이 걸렸다. 2호점에서 꽃이 떨어지면 본점에서 부리나케 꽃을 챙겨 들고 가야 하는데 길에서 쏟는 시간이 너무나 많았다. 본점과 2호점은 서로에게 시너지를 주지 못한 채 각각 별개의 독립된 매장처럼 운영되고 말았다. 두 번째 이유로는 작은 규모의 매장이 지닌 한계였다. 2호점에서는 꽃병과 조화 등 몇몇 인테리어 소품들도 함께 판매를 했는데, 작은 매장에서 고객들의 다양한 취향을 맞추기에는 공간이 부족했다.

"사장님, 이거 같은 디자인으로 핑크색도 있어요?"

"죄송해요. 다른 색상은 없고 한 가지뿐이에요."

이런 대답을 할 때마다 마음이 무척이나 쓰라렸다. 품목이 몇 개 되지 않았지만, 이마저도 관리하는 데 애를 먹었다. 아쉬운 마음에 입고하는 상품이 많아지면 팔리지 않는 재고를 위해 별도의 공간이 또 필요한 지경이 되었다.

한 공간에 자리를 지키고 있어야 하는 일 또한 힘들었다. 손님이 없는 평일 낮의 매장은 나에게 창살 없는 감옥과도 같았다. 소상공인이라면 홀로 매장을 지키는 것이 당연한 일일 테지만, 역마살이 붙은 나는 아무도 없는 그 작은 공간을 무료하게 지키고 있는 시간이 몹시 힘들고 불편했다.

2호점을 개업하기 전에 이 모든 이유에 대해 생각해 봐야 했다. 결국 2호점을 접게 된 이유를 한 단어로 응축한다면 '운영 미숙'이다. 2호점을 열기 위해 마련한 빚은 5년 만기 대출상품이었다. 매장을 정리하고도 장장 3년이나 더 갚아야 했다.

뼈아프고 어리숙한 경험이었지만, 2호점의 운영 실패는 나름 좀 더 단단한 자영업자로 성숙하는 계기가 되기도 했다. 자영업은 외발 자전거 타기와 같다는 글을 읽은 적이 있다. 십분 공감이 가는 말이다. 외발 자전거는 가만히 서있을 수 없는 구조다. 넘어지지 않으려면 끝없이 페달을 굴려야 한다. 2호점을 열 때만 해도 나는 외발 자전거를 타고 앞으로 나아갈 생각만 했다. 하지만 외발 자전거를 타는 모습을 유심히 본 사람이라면 자전거가 앞으로 가지 않는다는 사실을 알게 될 것이다. 자전거는 앞으로, 뒤로 왔다 갔다를 반복하며 균형을 잡는다. 조금 뒤로 간다고 해서 넘어지지 않는다.

앞뒤를 살펴볼 줄도 아는 '시야'도 트이고, 뒤로 물러선다고 해서 상심하지 않는 '깡'도 생겼다고 할까? 여전히 외발 자전거를 몰고 있는 대한민국의 숱한 소상공인 중 하나지만, 작은 실패쯤은 달게 삼킬 수 있는 무던함도 갖게 되었다.

간혹 학교나 도서관 등에서 학생들을 대상으로 하는 직업 체험 행사에 초대 받는 경우가 있다. 다양한 직업에 대해 관심을 가질 어린 학생들을 위해 어떤 일을 하는지 설명도 해주고, 때로는 함께 꽃을 꽂아보며 플로리스트가 무슨 일을 하는지 어렴풋이나마 알려주기도 한다.

내 직업을 어린 학생들에게 알릴 수 있다는 건 참으로 감사한 일이다. 특히나 가능성이 무궁무진한 아이들 앞에 선다는 건 더없이 설레는 일이다. 레슨을 많이 해온 덕인지 누구 앞에 나서는 건 나에게 그리 어려운 일이 아니다. 초조하거나 불안하지 않다. 하지만 이상하게도 어린 학생들 앞에 서면 긴장이 된다. 초롱초롱한 눈망울들을 보고 있으면 실수 없이 잘해야 한다는 부담에 나도 모르게 힘이 들어간다. 하지만 이 긴장을 풀어주는 건 꾸미지 않은 아이들의 솔직함과 순수함이다.

"학생은 플로리스트의 어떤 점이 궁금해서 이 직업 체험에 지원하게 됐어요?"

"저… 사실은 바리스타 체험에 지원했는데 인원이 다 차서 여기로 왔어요. 플로리스트, 바리스타… 뭐 이름이 비슷한 것 같기도 하고. 근데 플로리스트가 뭐예요?"

아이들 대부분은 플로리스트가 되려면 뭘 준비해야 하는지, 돈은 얼마나 버는지를 가장 많이 물어본다. 경쟁이 워낙 치열하고 먹고살기 바쁜 사회에서 어린아이들조차 현실적인 문제에 너무 민감해지는 건 아닌가 걱정이 들면서도, 아이들은 솔직하니까 이런 물음도 거침없이 할 수 있는 것이 아닐까 생각한다. 초대해 주신 관계자나 선생님들은 플로리스트가 되기까지의 과정을 중점적으로 설명해 주기를 바란다.

"선생님께서 어떻게 해서 플로리스트가 되셨는지 아이들 눈높이에서 실넝해 수시면 됩니다. 아무래도 졸업하신 학교의 학과나 전공, 취득하신 자격증 위주로 설명해 주시면 가장 좋겠죠?"

"저는 대학을 중퇴했습니다. 정확히 말씀드리면 고졸인 거죠. 이걸 아이들에게 말해도 될까요?"

내 대답을 들은 분의 눈이 살짝 흔들린다. 본의 아니게 선생님을 당황하게 해놓고 송구한 마음이 든다. 나를 초대해 주신 분의 입장에선 학생들에게 열심히 공부해서 대학 가고, 원하는 직업을 얻으라는 정답이 정해져 있을 텐데, 나는 그분이 바라는 답을 애초에 가지고 있지 않다. 어쨌거나 현실에서 벌어지는 학교 초청 행사는 결국 아이들에게는 '대학 진학'의 동기 부여로 귀결되어야 하는데, 내 이야기를 듣고 아이들이 "우와, 플로리스트는 대학 안 가도 되는 거예요? 그럼 나도 공부 안 하고 플로리스트나 할래요"라고 영악하게 대꾸하면 선생님 입장에서는 할 말이 없게 된다.

잠시 정적이 흐른 뒤 선생님이 겨우 입을 열었다.

"그냥 플로리스트 선생님께서 아이들이 알아서 잘 이해할 수 있게 설명해 주세요."

결국 강연의 방향은 이렇게 정리되었다. 아이들과의 이야기는 막힘없이 흘러갔다. 하지만 나는 나를 강연자로 초청해 준 선생님이 행여나 상사에게 질책을 받지 않았을까 자꾸만 마음이 쓰였다.

　꽃 일을 하기 위해 대학을 그만두었다. 이렇게 써놓고 보니 쓸데없이 비장해진다. 정확히 말하자면 꽃 일을 하게 되면서 더 이상 대학에 다닐 필요가 없어서 그만두었다. 플로리스트로 일하는 데 굳이 전자공학 학사 학위는 필요 없었다. 솔직히 말하면 학과 공부를 지지리도 안 했다. 왜 전자공학을 전공으로 선택했을까 싶을 정도로 나는 학업에 손을 놨다. 아마 내 발로 대학을 떠나지 않았으면 학교가 나를 쫓아냈을 것이다.

　플로리스트는 일하는 데서 학력에 절대적인 영향을 받지 않는다. 사실 이 분야에서는 누구도 나의 학력에 대해 알려고 하지도 않고, 신경 쓰지도 않는다. 플로리스트로 어느 업체에서 일하든 학력이 당락에 영향을 끼치지도 않는다.

　그럼에도 불구하고, 나는 꽤 오랜 시간 학력에 집착했다. 돌아보면 대한민국이란 사회가, 그리고 사람들이 나를 어떻게 볼지 그 시선에 당당하게 맞설 자신이 없었다. 다니지도 않을 방송통신대에 몇 번이나 지원을 했다가 그만두고 외국 대학의 유학 설명회를 기웃거리기도 했다. 어떤 일이 잘 풀리지 않으면 문제의 본질을 제쳐 두고 '혹시 내가 고졸이라서 그런가?' 하는 심각한 자격 지심에 빠져들기도 했다.

뒤늦게 대학을 자퇴한 걸 후회하기도 했다. 한동안은 학력에 인력이 작용하는 것처럼 나는 갖지 못한 학사 학위증 주변을 빙빙 공전하는 행성이 되었다. 하지만 언제 부터였는지 도저히 헤어나지 못할 학력 콤플렉스 증세 가 사라졌다. 말 그대로 없어졌다.

특별히 계기라고 할 것도 없다. 자격지심을 걷어낼 만 큼 인상적인 사건이 있었던 것도 아니다. 플로리스트로 일하면서 자연스럽게 그 증상이 씻겨 나간 것 같다. 만 약 이 분야에 학력, 대학, 학과를 따지고 서열이 존재했 다면 나는 버티지 못했을 것이다. 플로리스트들에게는 얼마나 꽃을 잘 가꾸고, 꽃의 생리를 이해하고, 독창적 인 결과물을 만들어 내는지, 그동안 플로리스트로서 어 떤 일들을 했는지가 중요하다. 이 일을 하다 보니 학력 따위에 신경을 쓸 겨를이 없었다. 또한 학력이 아니더라 도, 앞서 이야기한 대로 남성 플로리스트의 입장에서는 소수자, 외부인이 되는 경우가 허다하다. 이런 위치에서 다양한 일을 겪다 보니 학력의 문제는 더 이상 나에게 피부에 와닿지 않는, 대기권 바깥의 티끌과도 같은 일이 되어버렸다. 솔직히 "남자분이 플로리스트세요?"라는 말은 수백 번 들어봤어도, "고졸인데 플로리스트세요?" 라는 말은 한 번도 들어보지 못했으니까.

여전히 꽃을 통해 배운다. 어리석은 학력 콤플렉스를 자연스럽게 털어낸 것도 꽃 덕분이고, 세상을 좀 더 넓고 긍정적으로 바라보게 된 것도 꽃 덕분이고, 내가 아닌 다른 사람들을 이해해 보려는 것도 꽃 덕분이다. 꽃이야말로 나에게 무한한 가르침을 선사하는 거대한 스승이자 세계다.

소리 없는 아우성이 빚어내는 아름다움

플로리스트는 고객이 바라는 용도에 맞게 꽃을 손질하고 모양과 형태를 만들어 주는 일을 한다. 고객은 개인부터 기업까지 다양하고, 고객들이 바라는 꽃의 역할 또한 가지각색이다. 하지만 플로리스트의 업무를 간략하게 설명하자면 다음과 같다. 주문한 꽃들 그리고 사용할 꽃들을 고려해서 꽃시장에서 꽃을 구입한다. 꽃의 성향과 특성에 맞춰 다듬고 듬뿍 물을 올려놓는 상태로 관리한다. 준비된 꽃들부터 용도에 맞게 꽃다발이나 꽃바구니로 만들어 판매한다. 즉 첫째, 꽃을 산다. 둘째, 꽃을 다듬는다. 셋째, 꽃을 판다.

세 단계 중 육체적으로 가장 어려운 과정을 꼽으라면 나는 단연코 두 번째, '꽃 다듬기'라고 주저 없이 말한다. 꽃을 다듬는 일은 너무도 손에 익은 작업이다. 꽃을 손에 잡으면 손이 머리보다 먼저 움직이는 경우가 많다. 꽃은 대부분 전지가위를 들고 꽃에서 불필요한 부분을 제거한 다음 "앗, 차가워!" 싶을 만큼 시원한 물에 담그면 된다. 하지만 이 작업을 한 단, 두 단, 스무 단, 서른 단을 하려면 세 시간, 네 시간이 지날 때까지 반복하게 된다. "촵촵" 하는 가위 소리가 팔꿈치, 어깨에서 진동하는 통증으로 느껴지고 가위를 눈에 보이지 않는 어딘가로 던져버리고 싶은 충동이 마음속에서 울컥 치솟아 오르기도 한다.

사람들은 결과물만 보고 일을 판단하는 오류를 범하기도 한다. 팔꿈치의 통증 때문에 정형외과를 드나들면서, 나는 정형외과 의사야말로 목수 못지않게 망치질을 많이 하고 잘해야 한다는 사실을 알게 되었다. 플로리스트도 마찬가지다. 사람들은 꽃 다듬는 일을 우아하고 고상한 이미지로 연상한다. 예쁘고 우아하게 생긴 플로리스트가 다소곳이 앉아 꽃을 한 송이 한 송이 정성껏 다듬는 모습처럼 말이다. 꽃을 다듬는 작업을 마치면 이런 모습을 연출할 수도 있다. 하지만 다듬는 동안만큼은 고상함이나 우아함 따위를 차릴 겨를이 없다.

꽃을 한 번 손에 잡으면 작업을 마칠 때까지 놓을 수가 없다. 꽃시장에서 바로 온 꽃은 이미 피로에 젖어있는 상태여서 빨리 물을 올려주어야 한다.(플로리스트 사이에서는 '물을 준다'는 말보다 '물을 올린다'는 표현을 쓴다. 줄기를 통해 꽃이 있는 부분까지 물이 올라가야 하기 때문이다.)

어린아이들도 잘 알고 있는 장미는 버려지는 가시와 잎의 양이 어마어마하다. 꽃 무게의 거의 절반 가까이가 버려지는 잎이다. 아침 일찍 꽃을 들여와 쉬지 않고 다듬다 보면 작업대며 바닥이며 온통 꽃의 잎과 줄기, 가시 그리고 부산물들로 가득하다. 이 정도로 작업하다 보면 꼬르륵 하고 배 속의 자동 알람이 울리게 된다. 나는 별수 없이 배달 음식을 주문한다. 아무래도 꽃을 두고 자리를 떠나기가 편치 않기 때문이다.

무수히 쌓인 꽃의 부산물들을 밀어내고 꽃을 다듬던 작업대 위에서 밥을 먹는다. 서둘러 먹다 보면 지금 내가 먹고 있는 반찬이 용기에 담겨있던 시금치인지, 다듬어

짓이겨진 이파리인지 구분이 되지 않을 때도 있다.

　간혹 누군가에게 어떤 꽃을 좋아하느냐는 질문을 받는다. 상대방은 아마 플로리스트가 좋아하는 꽃이라면 어떤 특별함이 있지 않을까 하는 마음에서 물어봤을 것이다.

　"제가 제일 좋아하는 꽃은 '칼라'입니다. 정식 명칭은 칼라릴리예요."

　"아, 칼라릴리. 이름도 예쁘네요. 그 꽃을 왜 좋아하세요? 희귀한 꽃인가요? 아님 꽃과 관련된 아름다운 전설이 있나요?"

　"아니요. 솔직히 그런 건 잘 모르겠습니다. 칼라는 잘라서 버려야 하는 잎도, 가시도 없어요. 게다가 향도 없죠. 작업하기엔 정말 완벽한 꽃입니다."

　상대방의 마음을 헤아리지 못한 좀 시니컬한 대답일지 몰라도, 플로리스트 입장에선 전혀 틀린 말이 아니다. 다듬어야 할 부분이 없으니 줄기 끝만 잘라 물에 담그면 된다. 5초면 한두 송이는 작업 완료! 게다가 향이 없어서 꽃가루 알레르기에 취약한 내 코를 자극하지도 않는다. 나에게는 예쁨을 받을 보는 조건을 갖춘, 효자효녀라고 불러주고 싶은 꽃이다.

꽃은 특성에 따라 다듬는 방법이 모두 다르다. 항간에는 방송 등에서 꽃을 오래 보관하는 방법이라 하여 꽃을 담근 물에 아스피린을 넣는다든지, 심지어 락스와 같은 소독약을 넣으라고 소개하는 장면이 나오기도 했다. 헛웃음이 나올 일이다. 이에 해당되는 꽃은 극히 일부에 지나지 않는다. 몸에 열이 많은 사람, 추위를 쉽게 느끼는 사람, 기관지가 약한 사람, 손발이 쉽게 붓는 사람 등 사람마다 육체적 특성이 다른 것처럼 꽃도 그러하다. 각각의 생리적 특성에 맞춰 관리를 해줘야 한다.

안개꽃이나 스톡은 줄기 끝을 뜨거운 물에 살짝 담갔다가 찬물에 담그면 물이 골고루 잘 올라가 수명이 늘어난다. 여기서 중요한 건 '뜨거운 물'의 온도이다. 손가락을 넣었을 때 자신도 모르게 "앗 뜨거워!" 하는 말을 내뱉으며 잽싸게 뺄 수 있는 정도가 적절하다. 만약 손끝이 타는 듯한 고통이 느껴진다면 꽃에게 너무 뜨거운 상태이니 좀 더 식을 때까지 기다려야 한다. 장미는 가스불에 살짝 그을릴 정도로 구워주면 물 올림이 더욱 좋아진다. 김을 구울 때처럼 불에 살짝 스치듯 구워야 한다. 오징어 굽듯 지져버리면 금세 시들어 버린다. 뜨거운 물에 잠시 담그는 것을 '열탕처리법'이라고 한다. 열을 받으면 도관(학교 다닐 때 배운 '물관'과 '체관')이 넓어져 짧은 순간 많은 물을 올릴 수 있다. 우리가 입을 "아" 하고 크게 벌리면 많은 양의 물을 한꺼번에 마실 수 있는 것과 같다.

불에 줄기를 그슬리는 것을 '탄화처리법'이라고 하는데 줄기 끝에 번식하고 있는 박테리아를 박멸하는 효과가 크다. 장미뿐만 아니라 수국이나 국화처럼 줄기가 굵고 단단한 꽃에 두루 쓰인다.

글로 설명하면 누구나 금방 쉽게 할 수 있을 것 같지만, 위와 같은 방법을 나는 권하지 않는다. 플로리스트들도 몇 번쯤 꽃을 태워먹어야 몸으로 익힐 수 있다. '불필요한 잎을 떼고 줄기 맨 끝 부분을 어슷하게 잘라 시원한 물에 담가 서늘한 곳에 둔다'는 거의 모든 꽃들에게 통용되는 다듬기 방법이다. 이것만 기억하면 제법 오래 꽃과 함께 생활할 수 있을 것이다.

불필요한 잎은 꽃줄기에 한두 장 정도, 많아야 두세 장을 남긴 나머지 것들이다. 특히 줄기 중간 이하에 붙은 잎들은 물이 꽃까지 올라오지 못하게 방해한다. 또한 잎에는 박테리아가 낳이 서식하는데, 이 상태로 물에 넣어두면 물이 금방 오염되어 꽃의 수명이 급격하게 줄어든다. 꽃과 가까이 있는 잎은 물을 꽃잎까지 끌어올리는 펌프 역할을 한다. 한두 잎 정도 붙어있으면 보기에도 좋다. 줄기 끝 부분은 금방 말라 도관을 막기 때문에 물에 담그기 직전에 반드시 잘라주어야 한다. 조금이라도 단면적을 넓혀 물이 들어오는 부분을 늘려주기 위해서는 어슷하게 잘라야 한다.

꽃을 다듬는 과정은 육체적인 노동일 뿐 아니라 정신적으로도 신경 써야 할 일들이 많다. 사소한 가위질 혹은 줄기 하나 건드린 것 때문에 몇십만 원, 많게는 몇백만 원의 꽃들을 한꺼번에 죽여버리는 무시무시한 사고를 일으킬 수 있다. 돈도 돈이지만, 꽃시장에서 구입하기까지 많은 생각을 하고 고심 끝에 인연을 맺은 사이인데, 어처구니없는 행동 때문에 그 관계를 허망하게 끊어버리면 뒤에 남은 죄책감과 우울함이 오래간다.

이러다 보니 소소한 집착이 생겨버렸다. 카페나 레스토랑에 가면 테이블이나 카운터 등에 생화를 꽂아두는 것을 심심찮게 볼 수 있다. 그런데 제대로 다듬어지지 않았거나 줄기에 이파리가 달린 채 꽃병에 꽂힌 꽃을 보면 마음이 몹시 불편하다. 들어오는 입구에서부터 그 모습을 보고 나면 상대방과의 대화나 식사에 집중을 못 하고 마음은 온통 그 꽃에게로 다가가 있다. 주변 눈치를 살폈다가 꽃병을 테이블 아래로 슬그머니 내려놓거나 아예 내 손으로 꽃을 손질해 놓기도 한다.

플로리스트이기에 앓을 수밖에 없는, 정신적인 직업병이라 할 수도 있겠다. 하지만 나에게 꽃은 생명을 지닌 존재다. 강아지나 고양이처럼 눈앞에서 역동적인 움직임을 보여주지 못하는 정적인 존재이지만, 꽃에게도 피고 지는 동안의 찬란한 몸부림이 있다. 그 움직임을 보려면 꽃에게 관심과 애정을 쏟아낼 줄 아는 능력이 있어야 한다. 꽃은 그런 사람에게 가릴 것 없는 자신의 율동을 솔직하게 보여줄 것이다.

플로리스트가 되고서 잃어버린 것이 있다. 바로 '꽃을 사는 재미'이다. 나는 한 달에 수백만 원어치의 꽃을 산다. 하지만 부러워할 것이 하나도 없다. 이 중에 나를 위한 꽃은 단 천 원어치도 없으니까.

꽃시장에서 꽃을 사는 건 지금도 여전히 큰 부담이다. 어떻게 하면 조금이라도 저렴한 가격에 많은 꽃을 구입할 수 있을지 고민하고 또 고민한다. 혹여나 주어진 예산을 초과하게 되면 나의 수입이 그만큼 줄어든다. 그렇다고 해서 지나치게 소극적으로 꽃을 사게 되면 분명 작업하다가 재료가 부족해서 꽃을 또 주문해야 하는 상황이 발생한다. 바쁜 와중에 꽃이 없으면 손해가 이래저래 막심하다. 다듬어 놓은 꽃과 구입해서 들어오게 된 꽃의 상태가 다르고, 추가로 주문한 꽃을 기다리기까지 시간적 손해도 발생한다.

때문에 꽃을 구입하는 일은 여전히 걱정과 긴장의 연속이다. 이 과정을 수없이 겪다 보니 플로리스트가 되기 전, 꽃을 사는 재미와 설렘을 까맣게 잊었다.

부부 혹은 연인들은 기념일이 되면 배우자 혹은 상대방에게 이번엔 무슨 선물을 해줄까 고민한다. 생일, 결혼기념일, 사귄 지 100일, 1주년, 2주년 등등 함께할수록 챙겨야 할 '데이'가 많아진다. 게다가 부부 사이에는 나의 돈이 배우자의 돈이자 가족의 돈이기에 비싼 선물을 해주기가 쉽지 않다. 주머니 사정이 여의치 않고, 서로를 잘 알고 있는 커플들 또한 마찬가지일 것이다. 이럴 때 가장 만만하고 효과적인 연출을 기대할 만한 것이 꽃이 아닐까 싶다. 작은 선물이더라도 꽃과 함께라면 느낌이 다르다.

나 또한 아내의 생일과 결혼기념일에 작은 선물과 함께 항상 내가 만든 꽃다발을 선물해 주었다. 주변 사람들은 종종 플로리스트 남편을 둔 아내를 부러운 시선으로 바라본다(고 나는 믿는다). 신혼 때만 해도 아내는 퇴근길에 꽃을 들고 오는 남편을 환한 웃음으로 맞아주었다. 하지만 해가 갈수록 내가 만든 꽃에 반응이 시큰둥해지기 시작했다. 식탁이나 거실 한구석에 꽃다발인 채로 방치되는 일이 많아졌다. 보다 못한 내가 꽃의 포장을 풀고 꽃병을 씻고 꽂아두는 일이 벌어졌다. 작업실에서 꽃을 포장하고, 집에 들고 와서 다시 물을 갈아주고 시들면 뒷정리까지 하게 된 것이다.

그러던 중 아내에게 더 이상 꽃을 선물하지 않게 된 결정적인 일이 벌어졌다. 그날도 아내의 생일이었다. 속옷 혹은 목걸이였던 것 같은데, 나는 준비한 작은 선물과 함께 작업실에서 직접 만든 꽃을 챙겨 들고 집으로 왔다. 역시나 아내는 선물에만 관심이 있을 뿐 내가 준비한 꽃에는 관심을 두지 않았다.

"꽃도 좀 봐. 그래도 내가 만들어 온 건데."

아내의 모습이 왠지 서운하게 느껴져 내가 말했다.

"팔다가 남는 걸로 만들었겠지, 뭐."

무심한 아내의 말 한마디에 가슴 깊이 날카로운 무엇인가가 들어온 것 같았다. '마상'도 이런 '마상'이 없었다. 언제부터였을까, 아내는 내가 준비한 꽃을 이렇게밖에 생각하지 않았다. 그럼에도 나는 아내에게 반격할 수 없었다. 아내의 말은 틀린 말이 아니었다. 아내에게 건네는 꽃다발은 고객의 주문과 예약 리스트를 일일이 확인하고 여분으로 남은 꽃들만 모아서 만든 것이었다. 사실이 이렇다 보니 나는 서운한 마음보다 미안한 마음이 더 크게 느껴졌다. 비단 아내뿐만이 아니었다. 어버이날에 부모님께 드리는 꽃도 다를 것이 없었다. 판매를 하고 남은 것 중 그나마 상태가 괜찮은 것을 골라 드린 것이었다. 가장 싱싱한 꽃을 드리지 못할망정 재고품을 드릴 생각을 했다니.

그날 이후로 나는 다짐했다. 특별한 날 선물하는 꽃만큼은 내 돈으로 직접 사서 주기로. 플로리스트로 일하면서 굳이 꽃을 구입해서 선물하는 건 너무 과한 행동으로, 사치를 부리는 것으로 여겨질 수도 있다. 하지만 나는 일상에서 그 정도의 '오버'와 사치는 부려보기로 했고, 여전히 실행하고 있다.

처음에는 호기로운 다짐과 달리 실행이 쉽지 않았다. 나의 의지는 변함이 없었다. 다만 외부 환경이 문제였다.

내 주변에는 온통 플로리스트와 꽃집이 가득하다. 알음알음 아는 꽃집, 경쟁하는 꽃집, 선후배가 하는 꽃집, 그들을 통해 알게 된 플로리스트들 등 수두룩했다. 그렇다고 아무 곳에나 가서 꽃을 살 수는 없었다. 경력 있는 플로리스트를 남편으로 둔 아내는 일반인 수준 이상으로 꽃에 대해 풍월을 읊는 정도는 되는 사람이었다.

고심 끝에 나는 사이가 가깝지도, 멀지도 않은 꽃집을 일부러 찾아갔다. 지인을 통해 알게 된 플로리스트로, 나와는 서로 얼굴만 한두 번 본 관계였다. 나는 아주 조심스레 말했다.

"사장님, 안녕하세요? 아내한테 줄 꽃을 사러 왔습니다. 진짜 선물할 용도예요. 사장님이 알아서 저를 일반 손님이라고 생각하고 만들어 주십시오. 정가도 원래대로 받으시고요."

말을 꺼내기가 왠지 민망하고 어려웠다. 플로리스트가 군이 꽃집 하나를 정해서 방문하고 꽃을 사간다는 건 플로리스트 사이에서는 오해를 낳기 충분했다. 혹여나 자신의 꽃집을 염탐하거나 디자인을 어떻게 하는지 알아보려고, 혹은 가격을 알아보기 위해 온 건 아닐까 곡해하기 딱 좋은 행동이었다.

꽃집 사장님이 내 행동을 어떻게 받아들였는지 모르겠다. 어쨌든 내 주문대로 정성껏 꽃다발을 만들어 주었다. 나는 그분이 작업하는 동안 부러 멀찍이 떨어져 뒷짐을 지고 애써 관심을 두지 않았다. 혹여나 그가 손을 다루는 모습을 본능처럼 관찰해서 불편을 주지 않으려고 애썼다.

"꽃다발 다 됐습니다."

그 말을 듣기 무섭게 재빨리 계산하고 꽃집을 빠져나왔다.

그런데 기분이 이상했다. 꽃집에 들어가기 전까지의 걱정은 사라지고 마음이 두둥실 떠오르는 듯 설렜다. 경직된 안면 근육이 풀리면서 헤실헤실 웃음이 나왔다. 아주 오래전에 잃어버리기도 했고 잊어버리기도 했던, 꽃을 살 때의 행복한 감정을 되찾은 것이 아니었을까. 그렇게 몽글몽글 훈훈하고 달콤한 마음을 품고 현관문을 힘차게 열었다. 그리고 아내에게 큰 소리로 말했다.

"여보 생일 축하해. 이 꽃 내가 자기 생각하면서 사온 거야!"

'사온 거야'라는 네 음절에 하나하나 힘을 주었다. 아내도 함빡 웃으면서 나의 선물을 받아주었다. 굳이 말하지 않아도 되는 후기를 즉석에서 입으로 남기면서.

"지금껏 자기 꽃만 봐서 식상했는데 남이 만든 거 보니까 색다르네. 오, 요즘은 포장지 이런 것도 쓰는구나."

말은 그렇게 하면서도, 표정을 보아하니 아내 역시 오랜만에 자신만을 위한 꽃을 선물 받은 사람의 기분을 나 못지않게 누리는 것 같았다.

주부들이 가장 맛있어 하는 음식은 바로 남이 만들어준 음식이라고 한다. 자신이 손수 만든 요리를 가족들이 맛있게 먹고, 칭찬을 듣는 것은 주부에게 큰 기쁨일 것이다. 하지만 그것도 하루 이틀이지 매일이 되어버리면 그저 일상이요, 의무에 불과하다. 매일 식비와 어제 먹었던 식단을 생각하며 이번에는 어떤 음식을 차려줄지 숙제가 되어버린다. 정작 음식을 만든 본인은 맘 편히 식사를 즐길 여유가 없다.

손님이 되어 다른 플로리스트의 꽃집을 찾아가는 일은, 플로리스트의 의무를 벗고 진정 꽃을 즐기는 일이라고 생각한다. 꽃이 예쁘면 마음껏 칭찬하고, 생각보다 별로라는 생각이 들면 마음껏 불평도 한다. 판매자의 자리에서 벗어나 소비자가 되어 꽃을 색다르게 만나는 이 재

미를 지키기 위해 앞으로도 선물할 꽃은 '내돈내산'의
원칙을 지켜나가고 싶다.

플로리스트가 되고 목표로 삼은 것이 있었다. 바로 '호텔 플로리스트'가 되는 것이었다. 그것도 무궁화 다섯 개가 붙은 특급 호텔의 플로리스트. 구체적인 목표가 있어야 현재 자리에 안주하지 않고 조금이라도 발전할 수 있을 것이라고 생각했다. 확실한 동기가 된 것인지, 이 세계에 발을 들여놓은 지 8년이 못 되어 나는 그 목표를 이루게 되었다.

호텔에 입사하자마자 눈코 뜰 새 없는 바쁜 날들이 이어졌다. 호텔은 왠지 여유가 느껴진다. 휴식, 휴양 같은 이미지와도 잘 어울린다. 하지만 호텔의 숨겨진, 가장 중요한 기능은 바로 '행사장'이다. 호텔을 경영하는 입장에서는 국제적인 행사, 기업의 행사 등을 유치하고 성공적으로 치르는 걸 무엇보다 중요하게 생각한다. 호텔 웨딩 또한 이름을 알릴 수 있는 중요한 행사이다.

입사한 호텔에서는 크고 작은 행사들이 끊이지 않았다. 건물 규모도, 행사 규모도 가히 국내에서 선두를 유지하고 있는 곳이었다. 이곳은 플로리스트는 물론, 호텔의 모든 직원이 행여나 실수라도 있을까 늘 신경이 곤두서 있는 것처럼 보였다. 4, 5월 예식도 호텔의 명성에 맞게 줄줄이 결혼식이 잡혀있었다.

내가 입사하던 해에는 유난히 연예인과 기업인들의 결혼식이 많았다. 주변 사람들은 유명한 사람들을 직접 볼 수 있어서 좋겠다고 말들을 했지만, 그건 사정을 몰라서 할 수 있는 말이었다. 나에게는 휴일 없이 계속 밤낮으로 근무해야 한다는 사실이 무겁게 다가왔다.

꽃은 거의 매일 아침, 트럭으로 들어왔다. 트럭 문이 열리면 밀폐된 공간에 갇혀있던 다양한 꽃들과 풀, 여러 부산물들이 뒤엉켜 있는 냄새가 순식간에 흘러나왔다. 그 향이 너무 역해서 헛구역질이 나올 정도였다.

근무시간은 출퇴근이라는 개념도, 의미도 없었다. 업

무는 일러야 밤 10시, 11시가 되어야 겨우 마칠 수 있었다. 하지만 새벽에 열리는 꽃시장에 가야 할 날이 많아 차라리 호텔의 작업대에 엎드려 잠시 눈을 붙이는 때가 부지기수였다. 꽃시장에 들르고 나서야 집으로 돌아와 몸을 씻고 8시쯤 출근했다.

당시 나의 유일한 안식은 일주일에 단 하루인 휴무 날에 찜질방에 가는 것이었다. 그런데 땀을 빼고 눈이라도 붙이려 들면 꼭 호텔에서 호출 전화가 왔다. 인원이 부족하니 빨리 와달라는 것이었다. 찜질방에서 주문한 식혜 한 그릇 맘 편히 비우지도 못하고 부랴부랴 옷을 챙겨 입고 택시를 타고 호텔로 향했다.

당시 플로리스트들 사이에서는 우스갯소리로 "호텔 경력은 곱하기 3을 해줘야 해"라는 말을 주고받았다. 호텔 플로리스트 1년 경력이면 일반 플로리스트 경력으로 3년쯤은 쳐줘야 한다는 뜻이다. 그만큼 업무 강도가 높고 업무량이 많았다.

이런 상태로 일하다 보니 결국 탈이 났다. 1년도 안되어 몸에서 이상한 감각이 감지되기 시작했다. 늘 아침에 일찍 일어나야 한다는 강박에 불을 켜고 자는 습관이 생겼는데 언제부터는 아예 잠들지 못하게 되었다. 잠깐 선잠에 들었다가도 불안하고 가슴이 두근거려 깨기 일 쑤였다. 그럴 때면 다시 잠이 드는 것이 두려워 티브이 를 켜고 앉은 채 아침이 오기를 기다렸다가 멍한 상태로 출근했다.

그러던 어느 날 밤, 심장이 터질 듯이 뛰고 갑자기 죽을 것 같은 공포가 찾아왔다. 구급차를 부르려다 도착할 때까지도 기다릴 수 없을 것 같아 집 밖으로 뛰쳐나가 택시를 잡아타고 대형병원의 응급실로 갔다. 이런저런 검사들을 해보았지만 이상은 없다고 했다.

이후부터는 낮밤을 가릴 것 없이 수시로 이러한 증상 들이 찾아와 나를 힘겹게 했다. 하지만 병원에 갈 시간 조차 없었다. 그저 참고 참는 수밖에 없었다. 그렇게 묵묵히 버티며 겨우겨우 잠자리에 누워서 얼핏 잠에 들었는데, 심장이 요동치며 죽을 것 같은 공포가 나를 엄습했다. 두려운 마음에 헐레벌떡 응급실로 달려갔다. 역시 나 여러 검사를 해보았지만 이상은 없다고 했다. 다만 그날 당직 의사는 내일 정신의학과로 가서 진찰을 받아 보라고 조언해 주었다.

공황장애였다.

요즘 플로리스트의 업무도 만만치 않을 것이다. 대형 호텔에서 근무하고 있는 이들의 고충도 여전할 것이다. 하지만 그나마 다행인 것은 예전에 비해 근무 환경이 일정 부분 개선되었다는 점이다. 내가 근무하던 당시에는 이러한 정신적이고 심리적인 질병은 개인의 부주의 탓으로 여기는 분위기가 있었다. 플로리스트로서 이 정도 어려움쯤은 이겨내야 성공할 수 있다고 생각했다. 지금의 기준으로 보면 도무지 말도 안 되는 일이었다. '프로', '성공'에 눈이 멀어 육체와 열정을 열심히 갉아먹고 있었다.

일상생활조차 어려워졌다. 나는 입사한 지 1년을 채우지 못하고 호텔을 떠났다. 이제 무엇을 해야 할지 알지도 못했고, 그 어떤 의욕도 나에게 남아있지 않았다. 버킷리스트에 채워진 목표를 이루었지만 모든 것이 사라지고 허망함과 공허함이 빈 공간을 떠도는 느낌이었다.

꽃이 싫어졌다. 그렇다고 돈벌이를 그만둘 수도 없었다. 꽃을 눈앞에서 보지 않아도 되는 일이라면 무슨 일을 하든 상관없다고 생각했다. 이곳저곳 닥치는 대로 이력서를 넣었지만 나를 불러주는 곳은 없었다. 어쩌다 면

접을 보러 오라는 연락을 받고 찾아가면 어이없다는 듯한 핀잔을 듣기만 했다.

"지원자는 지금까지 대체 뭘 하고 산 겁니까?"

이력서에 기재된 나이, 학력, 경력을 보면 아마 그런 말이 나올 수도 있었을 것이다. 하지만 이력서를 검토하고 면접을 진행할지 여부를 결정했을 텐데, 굳이 불러서 나에게 그런 말을 한 이유는 무엇이란 말인가?

꽃을 떼어놓고서는 나는 아무것도 아니었다. 경력도, 학력도 꽃을 벗어나서는 존재하지 않았다. 꽃이 아닌 무엇으로도 나를 설명할 수 없었다. 그제야 꽃과의 질기고 모진 인연을 끊어낼 수 없다는 사실을 깨달았다.

방황은 1년 가까이 이어졌다. 생활은 해야 했기에 간간이 여기저기서 플로리스트로 파트타임 일을 했다. 나를 쓰러뜨린 것이 꽃이라 생각했는데 내 삶을 지탱하게 해주는 것 역시 꽃이었다.

그러던 어느 날 선배 플로리스트에게서 연락이 왔다.

"너 요즘 뭐 하고 지내니?"

"이것저것 하는데 아무것도 하지 않습니다."

선문답 같은 내 대답을 선배는 넉넉하게 받아줬다.

"그래, 아무것도 인 한나는 뜻이구나. 다름 아니고 조만간 호텔이 하나 생길 거야. 그리 크진 않아도 웨딩홀도 있고 괜찮은 곳 같아. 거길 맡아줄 실장급 직원이 필요하다는데 네가 지원해 보지 않을래?"

뜻밖이면서도, 고마운 제안이었다. 늪에 빠져 허우적거리며 겨우 가장자리로 기어나온 나에게 선배는 동아줄을 건네주었다. 이제 더 이상의 방황을 마치고 일상으로 복귀하라는 절대적 존재의 손짓 같았다. 돌아보면 그때 그 제안을 받아들이지 않았다면 과연 내가 플로리스트로 복귀할 수 있었을까 아찔하다. 다시 원래의 궤도에 들어선 나는 그간 방황한 스스로를 보상하듯 새로운 곳에서 열심히 일했다. 몇 년 뒤에는 강사와 수강생 사이로 만난 아내와 결혼을 하고 완전한 안정을 되찾게 되었다.

상처를 입은 뒤에는 크든 작든 흉터가 남기 마련이다. 마음의 상처 또한 마찬가지다. 공황장애를 겪었을 때 복용했던 약을 더 이상 먹지 않는다. 심리적으로 힘든 상황을 스스로 통제할 수도 있다. 하지만 가끔씩 알 수 없는 불안은 여전히 찾아온다.

나는 꽃을 좋아하고 내가 하는 일을 사랑한다. 나를

믿고 일을 맡겨주는 고객에게 만족스러움과 행복을 선사하고 싶다. 내가 하는 일을 좀 더 잘하고 싶고, 타인에게 인정받고 싶다. 그러다 보면 때론 힘이 들고 지칠 때도 있는데, 솔직히 나 자신을 충전하기 위한 시간을 어떻게 보내야 할지 모르겠다. 취미를 가져보라고, 그 시간에는 꽃을 잊어보라는 조언도 들었다. 나도 그럴 필요가 있겠다 싶어 새로운 재미를 찾기 위해 이런저런 시도를 해보았지만, 꽃만큼 내 흥미를 끄는 것이 없었다. 재미를 느끼지 못하는 일에 억지로 재미를 붙이려고 하니 시간을 낭비하는 것처럼 느껴졌다.

아무래도 이번 생에 꽃과의 질척질척하고 질긴 애증의 인연은 시간이 갈수록 더욱 떼어내지 못할 정도로 얽혀들 것 같다. 후회하진 않는다. 필요 이상으로 좋아하고 사랑하는 감정에는 그만큼의 고통과 어려움이 따르기 마련이니까. 다만 정신적으로나 육체적으로 황폐해지는 일 없이 건강하게, 이 모진 인연을 이어나가고 싶다. 좋아하는 일을 직업으로 삼은 사람에겐 특별한 기쁨과 슬픔을 능숙하게 조절할 줄 아는 기술이 필요한 것 같다.

나는 여전히 어딘가에서 꽃을 만지고 있을 거다

서른 살쯤 된 직장인에게 '은퇴'라는 말은 너무 낯선 단어일 것이다. 직장 동료나 주위 친구들 사이에서 퇴사하거나 이직하는 모습을 자주 볼 수 있을 테고, 피부에 와닿지 않지만 '명예퇴직'도 어쩌다가 간접적으로 경험해 볼 수 있다. 하지만 은퇴는 예순이 된 자신의 모습을 떠올려 보는 것처럼 피상적이고 전혀 감이 잡히지 않는 단어이다. 막연하지만 일을 할 수 있을 때까지 어디서든 열심히 일해서, 연금을 받으며 소박하게 살아가는 모습을 연상할 것이다. 은퇴라는 단어에는 여유가 느껴지면서도, 사회 저편으로 밀려나는 애잔한 느낌도 물씬 배어 있다.

하지만 서른 살이 된 플로리스트에게 '은퇴'라는 단어만큼 눈앞에 닥친 현실을 생생하게 표현해 주는 것은 없을 것이다. 플로리스트는 대개 20대 초반에 업계에 발을 들이민다. 서른 살 무렵이면 대략 경력 7, 8년 차의 시니어급 플로리스트가 된다. 고용주 입장에서는 능숙한 업무 능력과 물오른 감각은 몹시 탐이 나지만, 그만큼의 연봉을 지급해야 한다면 고민이 많아질 수밖에 없다. 온갖 어려움을 이겨내고 베테랑이 된 플로리스트 입장에서도 고용주 못지않게 머릿속이 복잡해진다. 자신이 갖춘 경험치, 능력과 현실적인 연봉에서 빚어지는 괴리감이 상당하다.

경력 10년 차가 된 플로리스트가 활동할 수 있는 영역은 확연하게 줄어든다. 호텔이나 기업형 꽃집으로 한정된다. 게다가 우리나라의 플로리스트 업계의 규모나 현황을 볼 때 이런 일자리 또한 10퍼센트가 될까 말까 하다. 아주 비좁은 자리를 두고 연차도 비슷하고, 나이도 비슷한 플로리스트들끼리 경쟁을 벌여야 한다.

나머지 90퍼센트는 도심 곳곳에서 볼 수 있는 소규모의 꽃집에서 일하게 된다. 이곳 경영자들은 대부분

30~40대로 젊다. 이들은 아무래도 자신보다 나이가 많은 직원을 부담스러워한다. 고령화가 우리 사회의 시급한 문제로 대두되고 있는데, 아이러니하게도 플로리스트 업계에서는 오히려 고령화 덕을 보기도 한다. 꽃집 사장님들의 나이가 예전에 비해 많아지기 시작했다. 그렇다 하더라도 직원으로 채용해 줄 수 있는 나이는 30대 중후반까지다.

어쨌든 고용주가 주는 달콤한 월급과 안정적인 경제 활동과의 작별을 해야 하는 때가 온다. 생존 자체가 위협받는 시대, 죽이 되든 밥이 되든 무조건 직장에서 버티겠다는 다짐을 한 플로리스트들도 있다. 하지만 나의 급여를 부담스러워하는 고용주의 보이지 않는 압박, 나날이 성장하며 내 자리를 탐내는 부하직원과 후배 사이에서 견뎌내기란 보통 일이 아니다. 내 의지와 상관없이 매일 중력이라는 힘을 받아들이며 살아갈 수밖에 없듯 플로리스트의 세계에서 누군가의 그늘이 아닌 곳에서 내 자리를 마련해야 한다.

나 역시 30대 초반 무렵 이 시기를 맞이했다. 플로리스트 연차로 따진다면 정확히 10년이 되던 때였다. 당시

나는 중소형급 호텔에서 플로리스트로 일하고 있었다. 직함은 실장이지만 직원도 몇 명 되지 않아 혼자서 호텔 내 꽃장식이며, 웨딩 플라워 작업을 도맡고 있었다. 나는 이곳에 입사할 때부터 막연하게나마 '월급을 받을 수 있는 마지막 직장'이라는 생각을 하고 있었다.

입사 후 4년 만에 냉정한 현실을 마주했다. 아내가 임신을 하게 되면서 다니던 회사를 그만두었다. 우리 둘 사이에 아이가 태어날 거란 행복한 감정도 잠시, 현실을 자각하고 보니 눈앞이 캄캄했다. 아내와 내가 이룬 가정이 지금의 삶을 유지하기 위해서는 나는 두 배로 돈을 벌어야 했다. 곰곰이 생각해 보니 회사 측에 연봉을 더 올려달라고 요청할 만했다. 그동안 내가 해온 일이나 현재 업무량을 고려하면 충분히 목소리를 높여도 됐다. 하지만 회사 측의 입장에서 생각해 보니 내 연봉을 올려주는 것보다 경력이 짧더라도 새로운 사람을 들이는 편을 선택할 것 같았다.

직장인 플로리스트로 일하며 연봉을 높이 받으려면 서울의 대형 호텔에 취직하는 수밖에 없었다. 티오도 가뭄에 콩 나듯 있었고, 그나마도 바늘구멍을 뚫는 엄청난 경쟁을 치러야 했다. 설사 입사한다고 해도 임신한 아내

170

와 주말 부부로 지내면서, 서울에 체류하는 동안 또 다른 월세와 생활비를 부담해야 했다. 이 또한 바람직한 대안은 될 수 없었다.

플로리스트 중에는 서른 무렵이 되면 현실적인 문제와 경제적 부담을 떨쳐내지 못하고 꽃과 관련 없는 회사에 취업하는 이들이 있다. 나 역시도 퇴사를 하기 몇 달 동안은 마음이 몹시 무거웠다. 누구에게도 말 못 할, 쉽게 답을 찾을 수 없는 고민을 끊임없이 반복하고 되물으며 지냈다. 하지만 플로리스트 외의 다른 일을 하는 내 모습은 도무지 머릿속에서 그려지지 않았다.

은퇴를 한 달 정도 남겨놓은 우리 아버지들의 마음이 이러했을까? 예순 살과 서른 살이라는 커다란 세월의 간극이 있지만, 냉혹한 현실을 헤쳐나가야 하는 심정은 비슷할 것이다. 결국 나에게는 '창업' 외에는 별다른 선택지가 없었다.

나는 떠밀리듯이 창업을 하게 되었다. 온전히 내 힘으로 사업을 시작하고 지금까지 13년 넘게 버티고 있는 걸 보면, 결과적으로는 창업이 나쁜 선택은 아니었다. 하지만 창업을 하고 나서 얼마 동안은 수없이 불면의 밤을 지새웠다. 하루에도 셀 수 없는 창업과 폐업이 벌어지는 대한민국의 자영업 세계에서 과연 내가 살아남을 수 있을지, 어느 동네를 가든 꽃집 한두 개는 쉽게 발견할 수 있을 만큼 과밀한 플라워 시장에서 어떤 차별성으로 소비자들에게 어필하면 좋을지 생각하고 또 생각했다.

은퇴란 직장에서든 가정에서든 기존 익숙한 생활방식을 끝낸다는 것을 의미한다. 반대로 생각하면 새로운 삶을 시작한다는 뜻이기도 하다. 변화를 받아들이고 새로운 방식을 찾는 것은 결코 부정적인 일이 아니었다. 돌이켜 보면 진정한 플로리스트는 오롯이 홀로서기를 시작할 때 탄생한다.

호텔에 소속되어 일을 할 때는 대표, 임원 등 윗사람의 취향을 고려해야 했다. 하지만 내가 경영자가 되자 누구의 눈치를 볼 필요 없이 온전히 내가 추구하는 스타일을 펼쳐나가게 되었다. 내 아이디어와 디자인이 소비자들에게 어필하고 있는지, 트렌드에 부합하는지 속속들이 나 자신을 객관적으로 평가하면서 내 시야는 직장인이었던 시절과 확연히 다르게 넓어졌다. 궁극적으로 상사의 심사를 통과하기 위한 것이 업무의 목표인 사람과 자신의 스타일을 구축해 나가며 시장의 반응에 빈삼

하게 살펴보는 사람이 성장하는 속도는 다르다.

꾸준하게 자영업자의 자리를 지켜가며 나는 또 다른 막연한 고민에 빠져들었다. 과연 이 일을 언제까지 할 수 있을까? 두 번째 은퇴는 언제 찾아오고 어떻게 대비해야 할까? 하지만 처음으로 은퇴를 맞이하며 겪은 마음의 문제와 다르게 해답을 찾기까지 오랜 시간이 걸리지 않았다. 그거야 자기 하기 나름이 아닐까!

평생직장은 없어도, 평생직업은 존재한다. 예전 플로리스트의 길에 들어선 나에게 많은 가르침을 주셨던 선생님들 중 몇몇 분은 여전히 현역으로 활동하고 있다. 물론 나이가 들어서도 이윤을 창출하고, 고객들에게 사랑받는 플로리스트가 되기 위해선 끊임없는 노력이 실행되어야 할 것이다. 어떤 분야든 자신이 하는 일을 '평생직업'이란 단어로 표현하려면 오랜 시간의 내공이 필요하다.

아이는 무럭무럭 자라고, 아내와 나는 차츰 나이가 들어가고 있다는 사실을 깨달으면 잠시 마음이 심란해진다. 돈을 더 많이 벌고 싶고, 사업도 규모를 넓혀보고 싶다. 그럴 땐 꽃을 다듬으며 마음을 다스린다. 꽃은 나에게 돈이 되어주고, 친구가 되어주고, 마음을 다스려 주는 심리치료사가 되어준다. 꽃을 돈벌이로만 생각하는 건 상상할 수 없다. 그저 지금까지 버텨온 나만의 방식으로 열심히 일하는 수밖에 달리 방법이 없다.

　나이가 든 내 모습 중 확실하게 머릿속으로 그려지는 이미지가 있다. 시간이 흐르면 언젠가 내가 플로리스트 라는 직업에서도 떠나야 할 날이 올 것이다. 은퇴하는 그날이 오더라도, 나는 아마도 그다음 날 어딘가에서 혼자 사부작사부작 꽃을 만지고 있을 것만 같다. 거기가 어디건 간에, 내가 얼마나 늙어있건 간에 꽃을 만질 때의 그 흐뭇하고 행복한 느낌은 지금 내가 꽃을 만지며 느끼는 그 느낌과 조금도 다르지 않을 것 같다.

아내는 나에게서 꽃을 배우던 수강생이었다. '플로리스트와 수강생'이라고 하면 아내와 나의 관계를 정반대로 받아들이는 이들도 있다. 아내가 플로리스트이고, 내가 꽃을 배우던 수강생이라고 말이다. 우리도 모르게 성과 직업에 대한 고정관념이 머릿속에 박혀있어 벌어지는 현상이다.

아내가 처음 수업을 들으러 왔던 그 날이 지금도 생생하게 기억난다. 유난히 하얀 피부 탓인지 주변이 잠시 환해진 착각도 들고, 착하다는 인상을 받았기 때문인지 외모도 예쁘게 느껴졌다. 아내와의 첫 만남을 이야기하면 지인들 중에도 남자 플로리스트에 대해 오해하는 사람들이 있다. 여성이 대다수인 플로리스트 업계에서 남성이란 희소성을 띠고 대접을 받으며 편안하게 지낼 수 있지 않느냐는 착각이다.

남자 플로리스트들은 오히려 조심하게 된다. 플로리스트들이 모인 자리에서도 꽃이 아닌 다른 화제를 삼은 대화를 나눌 때도 여성들에게 말을 걸기 전에 머릿속으로 한 번 거른다. 아마 반대로 남성이 압도적으로 많은 직업군에서 일하는 전문직 여성도 나와 입장이 비슷하지 않을까 싶다. 수많은 남성 사이에서 지내는 일은 대접 받으며 편안하게 시간을 보내는 것이 아니라 조심하며 긴장하는 순간의 연속일 것이다.

상황이 이러하다 보니 여자 수강생 앞에서는 더욱 언행에 신중해야 한다. 더구나 만남이 이루어지는 곳은 내 생계가 달려있는 일터가 아닌가. 이런 내 심정을 전혀 알 턱이 없는 친구들은 종종 "여자들 틈에 둘러싸인 복 받은 놈"이라고 실없는 농담을 내뱉기도 한다.

의도치 않게 나의 무관심한 행동 하나가 오해를 낳고, 그 오해가 꼬리에 꼬리를 물고 소문이 되어 "그 꽃꽂이 선생님이 수강생 꼬셨대" 하는 식의 뒷이야기를 낳으면 곧바로 매장이 되고 만다. 상상만 해도 아찔한 일이었다. 나는 얼마 안 되는 남자 선배 플로리스트들의 경험과 충고를 들으며 행동에 주의했다.

때문에 나는 아내의 첫인상이 마음에 들었지만 적당한 거리를 뒀다. 그래도 인연이 닿으려 했는지 알고 보니 공통점이 많았다. 나이가 같았고, 나란하게 붙어있는 고등학교를 다녔다. 그 덕에 서로 알고 지내는 친구도 있었다. 함께 나눌 대화거리가 많았다. 조금씩 나도 모르게 스스럼없이 이야기를 하고 다가갔다. 결국 연애를 하는 사이가 되었고 부부가 되었다.

나는 꽃을 통해 직업을 얻고, 삶의 동반자까지 얻은 셈이다. 몇 년 뒤에는 소중한 아이도 태어났으니 내 인생에서 꽃을 빼고는 무엇도 설명할 수 없다.

아내는 가끔 "으이그, 난 원래 꽃 그닥 좋아하지 않았는데, 그때 왜 배우겠다고 해서 당신을 만났을까" 하며 농담을 한다. 아내와 나는 어느 중년 부부와 다를 바 없이 끈끈한 가족애와 동지애로 살아가지만, 한때는 누구 못지않게 뜨겁게 연애를 하던 시절이 있었다. 서로를 알아가고 사랑하는 사이가 되어가는 과정에서 나는 꽃 선물을 자주 했다. 당연히 내가 하나하나 정성스레 만든 작품들이었다.

결혼 이야기가 본격적으로 오가면서 나는 아내에게 기억에 오래 남을 로맨틱한 선물을 해주고 싶었다. 이건 나의 로망이기도 했다. 플로리스트마다 전문적으로 맡는 분야가 나뉘는데, 그중 나는 '웨딩 플라워'가 가장 좋았다. 꽃길, 아치, 테이블 장식 등 공간 전체를 꾸미는 큰 스케일이 좋기도 했고 누군가의 특별한 날, 소중한 행사가 벌어지는 자리를 내가 직접 기획하고 꾸민다는 것에 보람도 느꼈고 만족스러웠다. 그래서 초보 시절부터 웨딩 관련 작업현장에 누구의 지시를 받기도 전에 먼저 자원해서 따라나섰다. 때론 화사한 꽃으로, 때론 정갈한 꽃으로 꾸며놓은 웨딩로드를 걸으며 언젠가 내가 결혼을 하게 된다면 꽃장식은 나의 신부를 위해 내 손으로 만들어 주겠다고 다짐했다.

드디어 그날이 다가온 것이다.

결혼식장은 당시 내가 일하던 호텔의 5층 루프탑으로 결정했다. 아무래도 공간을 내 마음껏 꾸미려면 실내보다는 야외가 더 적합했다. 문제는 예식 날이 3월 말이었다는 것이다.

예식 전날, 자정이 가까워질 때까지 열심히 꽃을 꽂았다. 감사하게도 선배, 후배 플로리스트들이 많은 도움을 주었다. 일은 고되었지만 행복해할 나의 신부를 상상하며 기쁘게 일을 했다. 그렇게 늦은 시간이 되어서야 작업을 마쳤다. 모든 새신랑들이 그렇겠지만 그 밤은 싱숭생숭 잠이 오지 않았다. 자는 둥 마는 둥, 아침이 되자마자 작업실로 달려가 어제 끝내지 못한 꽃들을 마저 꽂았다. 작업을 마친 꽃들을 이고 지고 옥상으로 올라가 구상해 놓은 자리에 설치했다.

오후 1시로 예정된 예식 시간은 어느덧 빠르게 다가오고 있었다. 모든 꽃장식 작업이 완료된 것을 확인하고 부리나케 호텔 지하에 있는 드레스숍으로 달려가 턱시도를 갈아입고, 다시 예식 장소인 루프탑으로 올라왔다.

하필이면 이날, 꽃샘추위가 기승을 부렸다. 3월이면 꽃샘추위가 심술을 부린다는 사실을 알고 있긴 했지만, 그래도 하순이면 봄기운이 더 강할 줄 알았다. 속속 도착하는 하객들의 복장을 보니 한겨울이 따로 없었다. 그러고 보니 정신없는 와중에 티브이 아침 뉴스에서 겨울옷을 꺼내 입으라는 기상 캐스터의 염려스러운 목소리를 들은 것도 같았다. 평소보다 떨어진 기온이 걱정이었는데, 식장이 건물의 옥상이다 보니 체감 기온을 더 떨어트리는 바람이 더 큰 문제였다. 소위 말하는 칼바람이 몰아치고 있었다. 점심이 되면 그래도 하루 중 기온이 가장 높을 시간이니 좀 잦아들려나 기대했지만, 건물과 건물 사이를 몰아치는 바람은 더 거세져서 애써 세워놓은 꽃들을 자꾸만 쓰러트렸다.

주례를 해주시기로 한 분도 그 바람을 이기지 못하고 그만 결혼반지를 떨어트렸다. 반지는 데구르르 굴러 하필 나무데크 사이로 쏙 빠지고 말았다. 호텔 직원들이 바닥을 뜯어내고 반지를 꺼내느라 예식은 10분이 넘게 지체되었다. 추위에 덜덜 떨던 사람들은 하나둘씩 실내에 들어가더니 유리창을 통해 눈만 빼꼼 내놓고 어서 식이 끝나길 바라는 눈빛을 빛냈다.

이런저런 우여곡절 끝에 결혼식이 시작되었다. 나에게는 꽃 일을 하는 내내 꿈꿔왔던 순간이었다. 우리는 함께 입장을 했는데 아내의 팔에 알알이 맺힌 오돌토돌한 소름이 또렷이 보였다. 아내는 예식이 거행되는 내내 나와 팔짱을 끼고 있었는데 파르르 몸을 떠는 진동이 고스란히 나에게도 전해졌다.

나는 주례든 혼인서약이든 빨리 진행되었으면 좋겠다고 자포자기 상태가 되었다. 그래도 아내에게 내가 정성껏 준비한 꽃장식을 보여줄 수 있어서 다행이었다. 아내에게도 몹시 춥고 떨리는 결혼식이었겠지만, 예쁜 꽃을 보며 위안과 기쁨을 얻었을 것이라 내심 기대했다. 예식을 마치고 다음 날 아내에게 나는 결혼식장 꽃장식이 어땠느냐고, 웨딩로드는 마음에 들었냐고 물어보았다.

"응? 꽃이 있었어? 추웠던 거 말고는 하나도 생각이 안 나. 그냥 하얀 게 있었던 거 같기도 한데… 잘 모르겠어."

내가 잠을 미루어 가며 꽂은 꽃은 '그냥 하얀 거'가 되어버려 그녀의 기억 속에는 남아있지 않았다.

얼마 후 웨딩업체에서 결혼 앨범을 받았다. 앨범을 한 장 한 장 살펴보던 아내는 아름다운 꽃들이 장식되어 있는 모습을 보며 놀랐다.

"와, 진짜 이렇게 아름다운 꽃들이 있었네. 그땐 왜 몰랐지? 추워서 그랬나?"

다행히 사진으로 증거는 남겼지만, 내가 고심하며 선택하고 식장을 꾸민 나의 꽃들은 추운 날씨에 밀려 기억 밖으로 벗어났고, 오랫동안 꿈꿔온 나의 로망 또한 허망하게 끝나버렸다. 3월 말인데 굳이 야외 예식을 감행해서 아름다운 꽃장식을 실현시키려고 고집 부렸던 나 자신에게도, 오직 한 사람을 위해서 만들었건만 전혀 기억하지 못하는 아내에게도 서운하고 야속했다.

하지만 형언할 수 없는 진한 아쉬움으로 남은 나의 결혼식은 플로리스트로서의 삶을 더욱 성장하게 했다. 내가 맛보지 못한 행복과 만족 때문일까, 결혼을 앞둔 고객들이 의뢰한 웨딩 플라워 작업을 할 때마다 간혹 저릿한 기억들이 떠오르며 나에게 일을 맡긴 이 아름다운 커플들에게는 그날이 행복한 순간으로 가득하길, 나에게도 간접 체험이 될 신랑신부의 기쁨을 꿈꾸며 하나라도 더 신경 쓰게 된다.

그러나저러나 너무 아쉬운 마음에 나는 우리 부부의 리마인드 웨딩을 떠올려 보기도 한다. 만약 하게 된다면 야외 결혼식을 하기 딱 좋은 5월에 날짜를 잡아야겠다. 그런데 왠지 그때 비가 올 것 같은 예감이 드는 이유는 뭘까.

'아니 이게 대체 무슨 일이야!'

외근할 일이 있어 서둘러 집을 나섰다. 집에서 작업실까지는 걸어서 10분이 채 걸리지 않는다. 그래서 작업용으로 쓰는 승합차(이지만 화물차)는 늘 작업실 주차장에 세워둔다. 꽃과 도구들을 차에 실으려고 승합차 뒷문을 열다가 그만 기겁하고 말았다. 뒷문 유리가 자글자글 셀수 없는 잔금으로 가득 차있었다. 누군가가 돌이나 칼같은 무겁고 날카로운 물체를 던진 것 같진 않았다. 차주변에는 범행에 쓰였을 법한 물체가 보이지 않았다. 혹은 범행을 저지른 누군가가 치밀하게 챙겨 간 것일지도 몰랐다.

작업실 주변 건물이나 도로에 CCTV가 있는지 찾아
볼까 잠깐 생각도 해보았지만, 그만두었다. 그럴만한 시
간적 여유가 없었다. 대체 무슨 일이 벌어진 것인지 파
악하는 일은 잠시 미뤄두고, 우선 자동차 유리를 교체할
수 있는 곳을 핸드폰으로 검색해 보았다. 그러다가 생각
났다. 예전에 찾아갔던 그 정비소가.

뒷문 유리창이 깨진 건 이번이 두 번째다. 5, 6년 전쯤
벌어진 첫 번째 사고는 완전히 나의 실수였다. 후진을
하다가 비죽 튀어나온 건물의 모서리를 보지 못하고 그
대로 받아버리고 말았다. 그때 찾은 정비소에서 저렴한
가격에 꼼꼼하게 수리해 준 기억이 났다. 나는 이번에도
그곳을 찾아가기로 했다.

"어서 오세요. 그대로 후진해서 들어오세요."

외모는 가물가물했지만 목소리를 듣고서야 예전에 수
리를 해준 분임을 확신할 수 있었다. 예전에도 이분의
탁음이 인상 깊었던 기억이 떠올랐다.

"사장님 안녕하세요? 제가 5, 6년 전쯤에 여기서 유
리 교체를 한 적이 있는데, 또 이렇게 박살이 나서 왔습

니다. 근데 차 유리가 저절로 깨질 수도 있는 건가요? 누가 일부러 깬 것 같진 않은데 자고 일어나 보니 이렇게 되어 있더라고요."

나는 몇 년 됐지만 오랜만에 방문한 터라 아는척을 하고 싶은 반가운 마음에 주저리주저리 말을 늘어놓았다. 그런데 가만히 듣고 있던 사장님의 표정이 어째 굳어지는 듯싶었다.

"아니 지금 5년 전에 수리한 유리창이 깨졌다고 따지러 왔습니까? 나 경력만 해도 32년이에요. 그리고 내가 쓰는 제품들이 얼마나 좋은 건데 어떻게 그런 의심을 하는 겁니까?"

사장님의 급발진에 나는 말문이 막혔다.

"그게 아니라… 저는 여기서 교체하고 아무 탈 없이 잘 타고 다녔어요. 그때 수리가 안 돼서 유리창이 깨졌다는 생각은 안 했어요. 사장님 다시 봬서 나름 반가운 마음에 드린 말씀인데… 오해가 있으신 것 같아요."

나는 황당함을 넘어 살짝 주눅마저 들었다.

"그래요. 그런데 나도 억울한 게 많아요. 여기 내가 쓰는 제품들 검색해 봐요, 얼마나 좋은 건지. 내가 최신 기술 배우려고 미국도 자주 오가고, 내 일만큼은 아주 프

라이드가 강한 사람이야. 근데 장사꾼 취급 하거나 못 배운 놈 취급 하면 아주 속상하다고."

사장님은 아직 분이 풀리지 않았는지 대꾸할 틈도 주지 않고 다음 말을 이어갔다.

"여기 차 고치러 오는 사람들은 손님처럼 갑자기 봉변을 당한 사람들이 대부분이에요. 그러니까 기분이 안 좋지. 생돈 쓰는 게 너무나 아까운 거야. 그 화풀이를 왜 엉뚱한 나한테 하냐고. 그래서 내가 일부러라도 외모에도 신경 쓰고, 제품 하나하나도 진짜 좋은 걸 골라서 쓰고 있어요."

그러고 보니 연세가 지긋해 보이는데도 어느 바버숍에 가서 이발을 했는지 칼 각이 잡힌 헤어스타일이 남달라 보였다.

"나한테 맡기실 거면 바로 수리해 드릴게요. 30분이면 됩니다. 안에서 잠깐 기다리세요."

마음속 응어리가 풀렸는지 사장님은 그제야 본론을 꺼냈다.

"아 예 그럼요. 천천히 잘 해주세요. 감사합니다."

나도 모르게 공손해졌다. 아침에 차 뒷문 유리창이 박살 나는 어이없는 일을 겪고, 정비소에서 뜻하지 않게 오해를 불러일으켜 사장님의 하소연을 듣게 됐다. 반나절 사이 두 번의 봉변을 겪은 셈이다. 하지만 나도 자영업자이기 때문일까, 억울한 내 마음보다 정비소 사장님의 고충이 와닿았다.

사무실 안에는 알 수 없는 여러 트로피와 상장 그리고 영어로 된 수료증이 걸려있었고, 그 사이사이에는 가족으로 보이는 이들과 함께 찍은 사진들도 여럿 있었다. 사진에는 '나도 누군가의 소중한 아들, 남편, 아버지'라는 사실과 가족들을 위해 성실하게 일한다는 메시지가 담겨있는 것 같았다.

"다 됐습니다." 사장님이 사무실 문을 열고 들어왔다. "아까는 내가 좀 말이 많았지요? 죄송합니다. 하도 뭐라고 하는 손님들이 많아서 그만…"

"아, 아닙니다. 저도 장사하는 사람인걸요. 사장님 마음 누구보다 잘 압니다."

가격을 치르고 나오며 생각이 많아졌다.

플로리스트라는 자리에서 수많은 사람을 상대하면서 일하다 보면 나의 마음에는 크고 작은 금들이 생채기처럼 생긴다. 이런저런 상처를 겪으면서 미리 예방할 수 있는 요령도 생기고, 마음도 단단해져서 요즘은 스트레스를 받을 일이 별로 없다.

　우선 전화번호는 노출하지 않고 채팅으로만 고객과 상담한다. 꽃장식, 가격을 포함한 모든 정보는 아예 공개를 해놓아서 '얼마예요?' 같은 의미 없는 질문에 답할 필요도 없다. 내 작업 결과물에 흡족해하며 다른 사람한테도 나를 소개해 주겠다고 하면 그렇게 하지 않아도 된다고 뜯어말린다. 꽃이 필요한 사람이라면 이곳저곳 업체를 찾아보고 비교해 볼 것이다. 그런 수고를 들여 나를 선택하고 찾아와 주는 고객이 나는 더없이 감사하고 소중하다.

　내가 SNS에 올린 시시콜콜한 글을 보거나 유튜브에서 내가 올린 영상을 보고 계약하기로 마음먹은 이들도 있다. 이렇게 만난 고객들과는 감성적으로도 마음이 잘 맞아 작업할 때도 즐겁다. 그런데 소개를 받고 찾아온 고객은 열에 아홉은 첫 만남에서 소개받고 왔으니 싸게 해달라는 말부터 꺼낸다. 이런 이들은 나보다 천 원이라도 더 싸게 해주겠다는 업체를 발견하면 언제든지 나와의 인연을 끊어버릴 것이다.

　이렇게 구축해 놓은 '고객 필터링 시스템'을 통해 나

와 맞지 않을 것 같은 손님을 거르다 보니 예전과 달리 심적으로 힘들 일은 확연하게 줄어들었다. 하지만 아주 가끔 예기치 않은 것 혹은 사소한 반응에서 마음이 쿵하고 내려앉는 기분을 느끼기도 한다.

'꽃은 다 좋았는데 살짝 시든 것처럼 보이는 것들도 있었어요. 요거 빼놓고는 마음에 들어요.'

작업 결과물을 받은 고객의 후기를 보다가 '요거'에 가슴이 마구 요동치는 것만 같다. 나는 죄송하고 황망한 마음에 쉴 새 없이 손가락을 놀려 장문의 사과 메시지를 보낸다.

일주일 단위로 사용할 작업 양에 맞춰 수요일에 꽃시장에서 꽃을 구입한다. 보통 그 주의 말경이면 거의 모든 꽃을 소비한다. 사실 꽃이 시들었을 가능성은 크지 않다. 시들어 보이는 꽃들이 있긴 하다. 다양한 색깔을 지닌 리시안셔스는 얼핏 장미를 닮았지만 꽃잎이 얇고 하늘하늘하다. 이 꽃을 본 몇몇 고객에게서 "장미가 시들었어요"라는 말을 듣기도 한다.

물론 진짜로 꽃이 시드는 경우도 있다. 꽃은 기온과 습도에 절대적인 영향을 받는다. 꽃병의 물을 시원한 물로 갈아주거나 꽃다발에 분무기로 물을 뿌려주는 것만으로도 꽃은 금방 생기를 찾기도 한다. 무더운 여름날, 우리가 땡볕을 받으며 길을 걸으면 쓰러질 것 같지만, 그늘로 피하고 에어컨 바람을 쐬면 금방 살아나는 것과 같다.

하지만 꽃이 시든 것 같다는 고객의 말이 과연 어떤 상황에서 나온 것인지 알 길이 없다. 그렇다고 고객에게 이런저런 것을 물을 수도 없고, 구차하게 긴 설명을 늘어놓는 것도 결국엔 변명하는 것으로 느껴질 것이다. 이럴 땐 고객 입장에서 생각해 보는 것이 답이다.

웨딩 플라워 작업을 전문적으로 하고 있는 요즘은 예식을 끝낸 고객에게서 그날 밤이나 다음 날에 감사의 메시지나 전화를 받는다. 사실 전화를 받을 땐 가슴이 철렁한다. 행여나 전화로 직접 이야기할 만큼 불만사항이 있는 건 아닐까, 최악의 경우까지 나도 모르게 생각하게 된다. 다행스럽게도 메시지와 전화에서는 훈훈하고 반가운 이야기들이 오간다.

아무리 작업할 때 신경을 쓰고 노력한다고 해도 모든 고객을 만족시킬 수는 없다. 20년이 넘는 세월 동안 나를 찾아온 고객만 해도 수백, 수천 명은 넘지 않을까 싶다. 그 수많은 사람들 중에는 나를 높게 인정해 주는 이도 있고, 실력이 그저 그런 플로리스트라고 평가하는 이도 있을 것이다. 그럼에도 내가 오랫동안 이 일을 하고 있는 건 다행스럽게도 내 작업물에 만족하는 이들이 많기 때문일 것이다.

하지만 열 중 아홉이 흡족해하고, 하나에게서 불만을 들으면 아홉의 만족은 아무것도 아닌 게 되어버린다. 10-1은 9가 아니라 0이 된다. 그만큼 하나가 지적하는 나의 결점은 오래오래 내 마음속에 커다란 빗금으로 남겨진다.

정비소 사장님과 나를 비롯한 대한민국의 자영업자들은 자잘한 금들을 안고 살아간다. 각자 내성이 생기고 내공을 쌓으며 마음속의 유리창이 부서지지 않게 견디고 있지만, 빗금이 매끄러운 표면에 동화되기까지는 엄청난 시간이 걸린다. 어떤 금은 평생을 가기도 한다.

따지고 보면 자영업자뿐만이 아니다. 얼마 전에는 10년간 일해온 공무원이 집단적이고 집요한 민원에 질려 사직했다는 뉴스를 봤다. 우리는 사람을 대하는 일이 가장 힘든 세상을 살고 있다. 과연 얼마나 많은 사람들이 마음속의 잔금을 다스리며 살고 있는 걸까? 상상만으로도 끔찍하다. 상처 주기 쉬운 사회에 산다는 건 결국, 그 자신도 누군가에게 상처 받을 가능성이 높다는 뜻이 아닐까.

고속도로를 거침없이 달려간다. 오늘의 목적지는 경주. 톨게이트를 지나고부터는 경주에서만 볼 수 있는 풍경이 눈에 들어온다. 이곳은 모든 것이 낮다. 일반 집도, 아파트도, 건물도 고층 빌딩에 시야를 잠식당하는 여느 도시와는 다르다. 하늘이 열려있다.

"늦지 않았겠죠?"

보조석에서 꾸벅꾸벅 졸고 있던 직원(장기 근속 알바생)이 어느 틈에 깨어났는지 아직 잠긴 목소리로 묻는다. 장거리 운전을 나에게 맡기고 온 것이 미안했는지 괜한 물음 속에 마음을 담아 건넨다.

"그럼. 이 시각이면 도착하고도 남죠. 충분해요."

"에고, 우리한테 충분한 시간이란 게 어딨습니까."

창업 초창기 때부터 함께해 무려 10년 동안 손발을 맞춘 그는 누구 못지않은 베테랑이다.

띵.

6개월 전, 스마트폰에서 업무용 메신저 알람이 울렸다. 알람 소리에 깜짝깜짝 놀라는 일이 잦아져서 가장 간결하고 시끄럽지 않은 알림음으로 바꿔놓은 터였다. 메시지를 확인해 보니 계약을 문의하는 고객의 연락이었다.

－안녕하세요? 웨딩 플라워 문의 드려요.

－문의 주셔서 감사합니다. 예식 예정 날짜와 장소가 어떻게 되시는지요?

－10월 예정이고, 장소는 경주입니다.

웨딩 장소를 확인한 순간, 나는 속으로 쾌재를 부르고, 나도 모르게 '이분과 꼭 계약하게 해주세요' 하고 기도를 올렸다.

웨딩 분야에서 플로리스트로 일하면서 여러 도시들을 돌아다닐 일이 많아졌다. 우리는 부산을 기반으로 주로 경상도의 이곳저곳으로 출장을 나간다. 꽃과 오브제들을 한가득 트럭에 싣고 교회, 성당, 펜션, 카페, 레스토랑은 물론 작은 정원, 잔디밭, 허허벌판까지 본래 예식 할 수 없는 공간을 할 수 있는 곳으로 바꿔주는 일을 한다.

이번에 문의를 해준 고객은 경주의 어느 펜션에서 스몰웨딩을 계획하고 있다고 했다. 예비 신랑의 부모님이 운영하는 곳으로 작은 수영장도 있다고 했다. 펜션의 공간에 대해 구체적으로 이야기를 나눠보니 꾸미면 제법 예쁘겠다는 생각이 들었다.

플로리스트이면서 장사꾼이기도 한 나는 고객들의 의뢰 건에 대해 이야기를 나누면서 항상 '무엇을 남길 것인가'를 동물적으로 따져보게 된다. 일을 통해서 남길 수익에 대해서는 크게 두 가지 기준을 둔다.

첫째는 당연히 금전적인 수익이다. 아무리 꽃이 좋다고 해도 사업가적 수완을 도외시해서는 안 된다. 한 가정의 가장이기도 한 나는 내 노력의 대가로 나와 우리 가족의 일용할 양식을 마련해야 한다.

둘째는 사진이다. 웨딩 플라워의 수명은 결혼식 당일, 단 하루뿐이다. 이날이 지나면 모든 꽃들은 갈가리 해체되어 신기루처럼 사라진다. 그래서 나는 모든 작업과 결과물을 기록으로 남겨두기 위해 다양한 각도에서 수많은 사진을 찍는다. 이렇게 찍어둔 사진은 나의 포트폴리오가 되고, 홍보를 위한 자료가 되기도 한다.

펜션은 여느 공간보다 사진이 잘 나오는 곳이다. 건물 자체가 예쁘게 지어진 곳이 많고, 주변의 풍경이나 자연이 아름다운 배경이 되어주기도 한다. 이런 작업은 수익이 좀 덜 남더라도 꽃을 아낌없이 써줘야 한다. 여기서 건지는 멋진 사진들은 신랑신부에게는 소중한 추억이 되고, 나에게는 귀중한 자산이 되어준다.

고객과 메시지로 소통하면서 나는 이야기를 마치기도 전에 머릿속으로 휘리릭 수익에 대한 계산을 대략 마쳤다. 적어도 아름다운 사진은 충분히 확보할 수 있겠다는 결론이 섰다. 사실은 이와 같은 수익만큼이나 중요하게 생각하는 동물적인 감각이 있다. 바로 미각이다.

경주는 역사 유적과 아름다운 풍경만큼이나 '맛집'이 많기로 유명한 곳이다. 여러 도시를 돌아다니다 보면 자연스레 그곳의 맛집을 찾게 된다. 이른 새벽, 직원들과 멀리까지 출장을 와서 땡볕을 받으며 온갖 고생을 시켜 놓고선 맛있는 식사 한 끼 챙겨주지 못하는 일은, 내 기준으로 보자면 사업가로서 못 할 짓이다. 또한 아무리 우리 직원들이 순둥순둥해도 그 지역의 맛집을 지나친다면 어떻게 돌변할지 모른다. 어쩌면 지금까지 현지 맛집을 들러 만족스럽게 배를 채웠기에 주말의 머나먼 출장길을 함께했던 것인지도 모를 일이다.

어쨌든 출장지가 늘어나면서 나와 직원들을 위해 내 머릿속에 축적되는 맛집도 늘어났다. 남해의 멸치쌈밥, 거제의 간장게장, 하동의 재첩국, 사천의 장어구이집… 이곳들은 장거리 출장의 활력소이자 자칫 매너리즘에 빠질 수 있는 나를 일깨우고 일에 대한 의욕을 높여주는 고마운 곳이다.

나의 간절한 바람은 현실이 되었다. 고객은 오랜 상담 끝에 계약하고 싶다는 의사를 보였다.

몇 달이 지나 예식이 있는 당일, 우리는 현장에 도착했다. 준비해 온 꽃을 비롯한 모든 재료와 소품, 장비를 내리고 자리를 잡고 작업을 시작했다. 대개 작업에서 미리 꽃장식이나 소품을 만들어 오지만, 부피가 큰 것들은 현장에서 만들어야 한다.

나는 웨딩 플라워 작업의 마감시간을 예식 두 시간 전으로 잡는다. 보통 예식 한 시간 전에 메이크업을 마친 신랑신부가 도착하고 이후 하객들이 모습을 나타낸다. 목표 마감시간을 잡긴 하지만, 모든 일이 그렇듯 예상하지 못한 변수들로 인해 작업이 늦어지는 경우도 있다. 아무리 마감시간을 늦출 수밖에 없다고 해도, 최대한 확보할 수 있는 시간은 예식이 있기 한 시간 전까지다. 현장의 사정을 감안하면 최대한 빨리 예식 장소에 도착해서 예식이 시작되기 두 시간 전까지가 플라워 작업에 온 신경을 집중할 수 있는 시간이 된다.

플라워 작업을 하면서 나도 모르게 몸에 밴 습관이 있다. 바로 신부의 표정을 살피는 일이다. 작업을 제시간 안에 무사히 마쳤다고 일이 끝난 것은 아니다. 오늘의 주인공이라고 할 수 있는 신부의 눈에 과연 내 작업의 결과물이 어떻게 보일지, 이것이야말로 작업의 성공 혹은 실패를 확실하게 알려주는 신호다. "와", "오" 등 여러 감탄음을 그리는 입술의 움직임, 순간적으로 크게 확장되는 눈동자나 눈끝의 미세한 떨림 등을 보면 그제야 긴장이 풀리고 안심이 된다.

한번은 웨딩 꽃장식 작업을 모두 마쳤는데도, 신부에게서 어떠한 미세한 움직임도 보이지 않은 때가 있었다. 웨딩 플라워 분야에서 일을 시작한 지 얼마 되지 않은 시기였다. 나는 조심스럽게 신부에게 꽃이 마음에 드는지 일부러 밝은 목소리로 물었다.

"아 네, 너무 좋아요. 감사해요. 아휴, 제가 긴장을 해서 표정관리가 잘 안 돼요."

가까이서 보니 신부의 얼굴에 긴장이 한가득 서려있었다. 이제는 경력을 쌓으면서 신부의 떨리는 마음도 헤아릴 줄 알게 되어, 오해하게 되는 일도 없다.

결혼식이 시작되면 그제야 나는 긴장 뒤에 숨어있던 피로가 여기저기 온몸에서 물밀듯 밀려오는 느낌을 받는다. 일주일 내내 지금 이 예식장에 아름답게 자리 잡은 꽃들과 씨름했고, 새벽같이 달려와 물 한 모금 마시지 않은 채 화장실도 참아가며 작업하면서 축적된 그 피로다. 하지만 피곤해하는 몸을 받아줄 여유를 잠시 보류한다. 예식 도중에도 간혹 사람에 치이거나 바람에 날려 꽃들이 쓰러지는 일이 발생하기 때문이다.

예식이 끝나면 사용된 꽃들은 모두 꽃다발로 포장해서 방문객들에게 나누어 준다. 주는 내 마음도, 뜻밖의 꽃다발을 받아가는 하객들의 기분도 훈훈해진다. 웨딩 플라워 일을 하면서 느낄 수 있는 소소한 기쁨이자 보람이다.

"예식 끝! 이제 뭐 먹으러 갈까요?"

내가 묻자마자 어느 직원이 손을 번쩍 들고 외친다.

"꼬막무침이요!"

예식이 벌어지는 동안 스마트폰으로 무엇인가 열심히 보는 것 같더니, 아마 괜찮은 맛집을 찾아낸 것 같다.

이제부터 웨딩 플라워 플로리스트들의 미식회가 시작된다. 직원이 적극 추천한 꼬막무침은 새콤한 맛이 일품이었다. 언젠가 경주에 올 때 다시 생각날 만큼 맛이 있긴 하지만, 예전 경주에 왔을 때 먹어봤던 꼬막무침과 크게 차별점이 느껴지지 않는다. 아쉽지만 내 머릿속의 데이터에는 저장할 수 없다. 꽃슐랭(꽃쟁이들의 맛집) 등극은 실패다.

다음 주에는 남해로 출장이 잡혀있다. 남해에서도 제법 들어가는 곳이어서 왕복 네 시간이 걸리는 고단한 출장길이 될 테지만, 생각만 해도 침이 고이는 멸치쌈밥이 우리를 기다리고 있다. 몸이 힘들어도 뭐가 대수일까? 인생의 찬란한 한 시점을 여는 아름다운 신부와 신랑의 예식 현장을 꽃으로 수놓는 일을 하고 있지 않은가. 그곳에서 꽃처럼 피어오르는 기쁨과 행복 그리고 따뜻함을 느끼노라면 세상의 밝고 긍정적인 기운을 얻는 기분이다. 게다가 예식이 끝나면 빼놓을 수 없는 소박한 미식회가 벌어지지 않는가. 고단하고 즐거운 출장길은 아무래도 오랫동안 계속될 것 같다.

엄마는 늘 모로 누워 잠을 잔다. 한 팔은 베개를 삼고 등과 허리는 잔뜩 웅크려 마치 자궁 속의 태아 같다. 때로 옹알이 같은 잠꼬대도 하는데 잠이 든 엄마한테 말을 걸면 제법 대화가 되는 대꾸를 할 정도다. 깊은 잠에 들지 못하기 때문인지 엄마는 꿈을 많이 꾼다. 엄마는 숱하게 꾸는 꿈을 하나도 버리지 않고 의미를 부여한다.

나는 그런 엄마의 모습이 못마땅해서 핀잔을 주기도 했지만, 언제부터인가 미신처럼 엄마의 꿈을 의지하게 되었다. 가령 어렵고 힘든 일이 있으면 엄마에게 내 처지를 일일이 말하지 않고 넌지시 이렇게 묻는다.

"엄마, 요즘 좋은 꿈 꾼 거 없어?"

"안 그래도 어제 꿈에 네가 대문을 활짝 열고 들어오더라고. 아무래도 막힌 일이 잘 풀릴 거고, 잘나가는 일이 더 잘나갈 거 같아."

사실 엄마가 정말 그런 꿈을 꾸었는지는 알 수 없다. 요즘 내 행동을 곰곰이 살펴보고 무슨 고민이 있는 것을 알아채고는 이런 말씀을 하신 걸 수도 있다. 어쨌든 이런 식의 꿈해몽은 적지 않은 위안이 된다.

엄마의 꿈해몽은 항상 맞다. 늘 현실에서 어떤 사건이 일어나고 나서야 꿈과 끼워 맞춰지기 때문이다. 일의 결과를 놓고 꿈에서 벌어진 일에 의미를 부여하는 꼴이다.

"엄마가 좋은 꿈 꿨다면서, 왜 이렇게 일이 꼬이지… 하긴 요즘 시대에 길몽, 흉몽이라는 게 있기나 하겠어."

일을 벌이고 해결해야 하는 것도 나인데, 나는 투정 부리듯 공연히 엄마 탓을 한다.

"기다려 봐. 내가 꾼 꿈이 꼭 그게 아닐 수도 있어."

엄마는 다 큰 아들의 어이없는 반응에도 질책하지 않고 이렇게 받아준다.

이렇게 한 달 두 달 시간이 지나고, 내가 무슨 일 때문에 엄마한테 꿈에 대해 물었는지 기억도 가물가물해지고, 예전 고민거리도 사라지고 그럭저럭 지내고 있으면 엄마는 뚱딴지같이 뒤늦은 꿈 이야기를 하며 한마디한다.

"그것 봐. 내가 잘될 거라고 했잖아."

이것이 바로 예지몽 확률 백 퍼센트의 비밀이다.

엄마가 꿈을 허투루 놔두지 않는 건 미신에 기대려는 성향도 있으려니와, 본인의 꿈이 다른 사람의 예사 꿈과는 달리 예지몽인 경우가 많다고 확신하기 때문이다. 대표적인 예가 바로 나의 태몽이다.

"내가 너를 가질 때 꾼 꿈이 있어. 시장에서 어떤 할머니가 '간수 잘해라' 하면서 주먹만 한 육쪽 마늘 한 덩이를 치마에 던져주는 거야. 그 꿈 꾸고 나는 네가 선생님 소리 들을 걸 알고 있었지."

태몽에 마늘이 나오면 태어날 아이가 장래에 누군가를 가르치는 일을 할 것이라 한다. 엄마는 내색을 하지 않았지만, 내가 교대나 사범대에 진학하지 않을까 은근히 기대했다. 공대에 입학했다가 아예 대학을 그만두고 엉뚱하게 꽃 일을 하는 모습을 지켜보면서 서운하고 불안하기까지 했다고 한다. 그러던 내가 '꽃꽂이 선생님'이라는 타이틀을 달게 되자 엄마는 환하게 웃으며 말했다.

"거봐, 내 꿈이 맞잖아. 절대 틀리지 않는다니까."

나를 낳은 지 무려 35년 만에 태몽이 실현된 사실을 매우 만족해했다.

플로리스트들은 대부분 꽃장식 수업을 하며 '강사' 혹은 '선생님'이라는 호칭으로 불린다. 나 또한 꽃에 관심이 있는 일반인들을 대상으로 수업한다. 가장 큰 이유가 사업의 수익 때문이라는 점을 부인할 수 없다. 하지만 그에 못지않은 이유가 있다. 가르치는 일이 무척이나 재미있다. 내가 꽃에 대해 알고 있는 지식, 꽃을 소재로 무엇인가를 만들 때의 기쁨을 누군가에게 전하는 일이 행복하다.

플로리스트가 강사로 활동할 수 있는 방법에는 여러 갈래가 있다. 자신의 아틀리에를 마련해서 수강생을 모집하는 것이 가장 대표적이다. 흔히 '문센'이라 불리는 백화점의 문화센터에 출강할 수도 있다. 지역별 여성인력센터 등 기관에서 국책사업 형태로 진행하는 과정도 있고, 근래에는 방과 후 교실 등에서도 프로그램이 개설되어 있다.

내가 막 개업을 했던 때는 지금처럼 다양한 방법이 있지 않았다. 변변한 작업실도 꾸려지기 전이었다. 나는 아쉬운 대로 SNS를 이용해서 나를 소개하고 수업을 홍보했다. 과연 신청을 해줄 사람이 있을까 싶을 만큼 나도 반신반의하는 심정이었는데, 놀랍게도 한두 사람이 수업을 듣고 싶다고 메시지를 보내왔다. 수업을 할 곳마저 없어 바리바리 꽃을 싸들고 수강생의 집을 찾거나 공유 공간을 빌려 꽃꽂이 수업을 진행했다. 지금 생각해 보면 제대로 된 가게나 작업실도 없는 나에게 왜 군이 레슨을 받을까 의아하면서도 나에게 연락을 준 이들에게 진심으로 감사한 마음이 든다. 다행스럽게도 이들뿐 아니라 몇몇 단체에서 출강 의뢰가 들어와 개업을 하면서 자리를 잡는 데 큰 힘이 되었다.

레슨을 하면서 내 실력 또한 부쩍 늘었다. 노련한 플로리스트와 달리 공간도, 경력도 부족한 내가 혹여 수강생들 앞에서 실수하거나 서툴러 보일까 봐 몇 번이나 샘플을 꽂아보고 수업 내용을 손으로 쓰거나 머릿속으로 되뇌면서 수없이 반복했다. 그 덕에 손길은 더욱 빨라졌고, 촘촘해졌다.

수강생들과도 많은 추억을 쌓을 수 있었다. 꽃꽂이 수

업을 하면서 전혀 생각지도 못하게 일본으로 연수를 떠나기도 했다. 꽃을 배우는 입장에서는 늘 새로운 것에 갈증이 있기 마련이다. 내가 가르치던 수강생들은 단순히 꽃이 좋아 취미생활을 하려는 마음에 수업을 듣는 이들이 아니었다. 나처럼 플로리스트가 되어 활동하려는 계획이 있는 이들이었다. 플라워 업계의 트렌드에 대해 이야기를 나누다가 자연스레 일본 플로리스트 업계와 꽃시장을 주제로 대화가 이어졌다. 그러다 '플로리스트 도쿄 여행'을 떠올리게 됐다.

일본은 꽃시장의 규모가 우리보다 크고 기술 또한 배울 점이 많았다. 유럽과는 비교도 할 수 없이 가까워서 마음만 먹으면 다녀올 만했다. 나는 인터넷을 통해 기술을 배울만한 몇몇 플로리스트들을 찾아내어 숍을 견학하고 레슨을 받을 수 있는지 메일을 보냈다. 긍정적인 답변을 보내준 곳이 있었다. 나는 3박4일간의 일정을 짰고, 대여섯 명 규모로 일본으로 향했다. 이렇게 길을 턴 일본 연수는 내가 레슨을 그만둘 때까지 수년간 지속됐다. 지금도 그 당시 인연을 맺은 일본의 플로리스트들과는 SNS를 통해 안부를 주고받으며, 일본을 여행할 때 만나는 사이가 되었다.

레슨은 개업을 하고 본격적으로 진행하다가 차츰 횟수를 줄여 지금은 더 이상 하지 않는다. 간혹 출장 의뢰가 들어오기도 하지만 정중하게 사양한다. 솔직히 더 이상 가르칠 수 있는 것이 없다는 생각이 든다. 그간 영국의 학교, 직장에서 배우고 익힌 지식과 기술이 이제 밑천을 드러낸 것 같다. 10년 가까이 레슨을 이어가다 보니 어느 순간 레퍼토리가 지겨울 만큼 반복되는 것도 느꼈다. 시간을 들여 새로운 기술을 배우고 강의 커리큘럼을 보강할까 생각하던 차에 웨딩 플라워 분야에 집중하게 되었다. 무엇보다 레슨을 운영할 때 알게 모르게 중요한 역할을 맡았던 핵심 조력자가 더 이상 작업실에서 함께 시간을 보내지 못하게 된 이유가 컸다.

아내는 레슨을 할 때 가장 든든한 조력자였다. 스스로 첫 번째 수강생이 되어주었고, 남자 선생님이 운영하는 칙칙한 작업실의 분위기를 밝혀주는 사람이었다. 하지만 출산을 하고 아이를 키우는 데 전념하게 되었다.

역시 사람이 난 자리는 금방 티가 나는가 보다. 어느 날 수강생이 나 혼자 있는 작업실 안을 휙 둘러보더니 "선생님. 여긴 엄마 없는 집 같아요"라는 말을 했다. 나 또한 홀로 남은 이곳이 왠지 예전보다 서늘한 느낌이 들던 차였다. 레슨 또한 현재 가르치고 있는 수강생들을 끝으로 접을 생각을 하고 있었다.

바쁜 작업 중에도 누군가를 가르치던 시절을 나도 모르게 떠올린다. 꽃을 지켜보고 향을 맡는 것보다 꽃을 직접 만지고 꽂으면서 줄기와 잎의 잔가지를 손에 묻히는 것이 훨씬 꽃을 더 깊이 이해하고 만나는 방법이 된다. 그 기쁨을 알려주고 함께하는 순간이 행복했다. 꽃이 아니었으면 내 팔자에 과연 "선생님"이란 소리를 들어가며 누군가를 가르칠 일이 있었을까?

신이 나서 꿈 이야기를 해주던 엄마는 이제 이 세상에 없다. 친구처럼 지낸 나의 엄마. 그래서 평생 어른이 되어서도 "어머니"란 호칭으로 한 번도 불러본 적 없는 우리 엄마. 오늘은 꿈에서라도 엄마의 향기로운 꿈 이야기를 들어보고 싶다.

나는 내성적인 사람이다. 누굴 만나는 일을 별로 좋아하지 않는다. 학창시절에도 마음을 터놓고 지내는 친구는 한둘, 많아야 세 명 정도면 충분했다. 학교 폭력이나 따돌림을 당한 것은 아니다. 그저 많은 친구와 두루두루 친하게 지내는 것보다 몇 안 되는 친구와 깊게 교제하는 걸 좋아하는 성향일 뿐이었다. 어른이 되어서도 원래 지니고 있는 성향은 여전하다. 지금도 한자리에 모이는 인원이 셋을 넘어가면 불편하다. 이런 자리에선 서로 이야기를 주고받고 이해하고 공감하기에 너무 산만해지고 만다. 그래서 사람이 많아지면 나는 말을 하기보다 그들의 이야기를 듣는 편이다.

내성적인 성격과는 달리 여행하는 건 엄청 좋아한다. 낯선 곳에 가면 몸속 모든 감각이 새로운 경험을 받아들이기 위해 섬세하게 작동하고, 아드레날린이 뿜뿜 솟아오르는 것이 느껴진다. 한 번도 가본 적 없는 도시를 찾아가 홀로 거침없이 이곳저곳을 둘러보는 것이 아마 내가 가장 좋아하는 취미일 것이다.

이러한 성향 탓에 꽃집에서 처음 일을 하게 되었을 때 어려운 상황을 겪기도 했다. 홀로 가게를 지켜야 할 때면 너무도 힘이 들었다. 할 일도 없고, 꽃집으로 들어오는 손님도 하나 없다. 그저 무료하게 시간을 보내야 해서, 슬그머니 가게 문을 잠그고 10분쯤 동네를 한 바퀴 휙 돌고 오곤 했다. 그러다 어느 날, 부재중인 상황을 사장님께 걸려 불호령을 듣고 말았다.

"대체 가게를 안 보고 어딜 갔다 오는 거야!"

철부지 같았던 시절의 일이지만, 경영자 입장에서는 나처럼 불량한 직원도 없었을 것이다. 아직 플로리스트의 일을 분간도 못 하던 초보자였지만, 과연 이렇게 정적인 일을 내가 계속할 수 있을까, 이 일이 나랑 잘 맞을까 고민하기도 했다. 그러다 하나둘 다양한 일을 경험하

면서 그런 고민 따위는 기우에 지나지 않는다는 사실을
알게 되었다.

　내가 전문적으로 하는 웨딩 플로리스트는 다른 플로
리스트와 일하는 방식이 다르다. 특히나 요즘은 결혼식
도 천편일률적으로 예식장을 빌려 기존 방식대로 거행
하기보다 개인적인 취향을 살리고 오래된 형식에서 벗
어나 자신들만의 의미를 빛내고 싶어 하는 커플들이 많
아졌다. 스몰웨딩이나 야외 결혼식도 부쩍 많아졌다.

　이러한 결혼식을 준비하기 위해서는 커플과 플로리
스트의 관계가 돈을 주고 의뢰를 맡는 단순한 비즈니스
관계보다 더 깊어질 수밖에 없다. 젊은 커플, 그중에서
도 예비 신부들이 주요 고객인데, 이들은 짧게는 결혼식
3개월 전, 보통은 6개월 전, 길게는 1년 전에 계약을 한
다. 예비 신부와 플로리스트는 그 시간 동안 연락을 주
고받으며 신부가 꿈꾸는 결혼식의 모습을 구체화해 낼
방법을 찾아나선다.

　사실 신부도 무엇을 어떻게 준비해야 하는지 모른다.
틀에 박힌 예식장 결혼식은 하고 싶지 않고, 부모님에게
조금이라도 의존하고 싶지 않을 만큼 자신만의 취향은

확고한데, 결혼 준비는 처음일 수밖에 없으니 뭘 눈여겨 보고 우선순위를 어떻게 정리해야 할지 낯설기만 하다. 신부가 원하는 꽃장식만큼이나 그녀의 심정을 공감해 주고 다독여 주는 것 또한 웨딩 플로리스트의 일이 된다.

처음 만난 사이인데 그렇게까지 사이가 끈끈해질 수 있을까 싶은 생각이 들 수도 있다. 물론 처음부터 속내를 털어놓는 신부도, 플로리스트도 찾아보기 힘들다. 평균적으로 6개월 이상 연락을 주고받으면서 진행 상황을 공유하게 되면 자연스럽게 분위기가 형성된다. 꽃다발을 사고팔면서 맺게 되는 고객과의 관계와 전혀 다르다. 그래서인지 감성적으로 잘 맞고 공감대가 넓었던 신부의 결혼식 날에는 나도 모르게 감정이 차오르고, 살짝 눈물이 나기도 한다.

'결혼식'이 있어야 웨딩 플로리스트의 일이 존재한다. 이 말은 직업 특성상 비수기와 성수기가 뚜렷하게 존재한다는 뜻이다. 알다시피 결혼식의 성수기는 봄과 가을, 즉 4, 5, 10, 11월이다. 이 네 달은 정말 눈코 뜰 새 없이 바쁘다. 그저 숨이 붙어있는 채로 좀비마냥 지내다가 의뢰받은 결혼식 날짜가 언제인지 체크하면서 벌써 시간이 이렇게나 많이 흘렀다는 사실을 자각한다.

3, 6, 9월은 성수기와 비교하면 작업의 양과 강도가 절반으로 줄어드는 달이다. 너무 춥거나 너무 더워서 야외 결혼식을 할 수 없는 1, 2, 7, 8월은 매출을 걱정하며 허리띠를 졸라매고 근근이 버틴다.

직장인처럼 따박따박 제때 일정한 수입이 발생하지 않는 여건은 자영업자 입장에서 몹시 불안하다. 그럼에도 나는 성수기와 비수기가 뚜렷하게 구분되는 이 상황을 긍정적으로 생각한다. 나는 일을 해야 한다면 차라리 무리가 되더라도 열정적으로 일하고, 쉴 때 또한 확실하게 쉬는 걸 좋아한다. 경제적으로 성수기가 풍족하다면, 육체적으로는 비수기가 여유롭다. 일과 휴식이 극단적으로 나뉘는 덕분에, 한겨울이나 한여름에는 어딘가로 훌쩍 떠나 '한달살이'를 하는 것도 가능하다. 더구나 여행을 좋아하는 내가 누구의 눈치도 보지 않고 나만의 시간을 즐길 수 있다는 건, 경제적으로 궁핍해지긴 해도 틀림없는 장점이다.

매번, 매주 새로운 장소를 찾아가는 것도 일하면서 느끼는 소소한 재미다. 스몰웨딩을 선호하는 커플들이 늘어나면서 결혼식 장소 또한 참으로 다양해졌다. 개성 강한 커플들은 자신들에게 의미 있는 장소를 알음알음으로 예약한다. 오랜만에 가는 도시의 낯선 공간에서 고객의 취향에 맞춰 새로운 스타일로 꽃장식을 만들고 공간을 꾸미는 일은 나에게 매번 의욕과 흥미를 끌어낸다. 물론 항상 다른 공간을 꾸며야 하기에 그만큼 부담도 있긴 하지만.

무료하게 마냥 앉아서 고객이 작업실로 들어오길 기다리는 일도 사라졌다. SNS라는 유용한 도구 덕분에 상담은 언제 어디서나 원활하게 이루어진다. 서로 얼굴을 보고 만나는 일도, 전화를 걸고 통화하는 일도 예전에 비해 부쩍 줄어들었다.

나 또한 SNS로 고객과 소통하는 것이 가장 편안하다. 누군가에게 고객을 상담하는 데 가장 편안한 방식에 대해 질문을 받는다면 아마 문자, 대면, 전화 순이라고 말할 것이다. 이상하게도 나는 전화로 통화하는 방식이 직접 만나서 대화하는 것보다 불편하다. 아마 전화는 순전히 목소리만으로 소통해야 하기 때문인 것 같다. 상대의 눈을 볼 수도 없고, 몸짓이나 표정 등 비언어적인 소통으로 파악할 수 있는 분위기와 감정이 차단되어 고객의 진짜 속내를 알 수 없다.

반면 메시지는 글을 쓰는 것과 같아서 나의 생각을 충분히 정리한 다음 알려줄 수 있어서 편안하다. 실시간으로 주고받은 채팅이 아니라면 메시지를 확인하고 어느 정도 시간이 흘러서 답변을 해도 고객들은 불만 없이 이해하고 기다려 준다. 바쁜 와중에 받지 못하고 나중에 알게 된 부재중 전화에는 신경이 쓰이지만, 메시지로 받은 고객의 질문이나 생각에는 좀 더 숙고한 뒤 답을 줘도 되는 점이 너무나 좋다.

문자를 보내는 방식도 각자의 취향에 따라 제각각이다. 나는 상담하면서 가끔씩 마치 글을 쓰듯 구구절절하게 문자를 작성할 때가 있다. 다소 장황해지더라도 고객이 상황을 이해하고 무엇인가를 선택하려면 좀 더 자세한 설명이 필요하다고 생각되기 때문인데, 이에 못지않게 구구절절하게 답장을 보내주는 이들이 있다. 말할 것도 없이 이런 고객들은 다른 이들보다 오랜 시간 문자 상담이 이어지고, 계약으로 맺어지는 경우가 많다. 문자만 주고받았을 뿐인데, 실제로 얼굴을 마주할 때 서로 느껴지는 공감대도 넓다.

하지만 나는 내 전화번호가 노출되는 일은 철저하게

막는다. 상대가 내 전화번호를 기필코 알아내려고 SNS 등을 뒤지지 않는 이상 찾기 어렵게 해두었다. 반면 채팅창 링크는 가장 눈에 잘 띄는 곳에 두었다. 내향적이면서 여행은 무척이나 좋아하는 극단의 성격이 내 속에 존재하듯 웨딩 플로리스트로 활동하며 나를 알리면서도 한편으론 익명으로 살고 싶은 성향이 SNS에도 여실히 드러난다.

평균 6개월이라는 기간 동안 긴밀한 소통을 나눈 고객과 나는 결혼식이 끝나면 따뜻한 작별 인사와 함께 인연을 정리한다. 계약이 종료되면 두 번 다시 '결혼식'이라는 중요한 행사를 전제로 만날 사이가 되지 않는다. 즉 다시는 고객과 플로리스트로 만날 인연이 아닌 것이다. 이 또한 플로리스트만의 직업적 특성인데, 한 번밖에 맺지 못할 인연 때문에라도 나는 이왕이면 나와 정서적으로 잘 맞는 사람, 관계를 정리할 때 아쉬워하며 두 사람의 결혼생활에 진심으로 축복을 건넬 수 있는 사람을 고객으로 만나길 희망한다.

세상에는 결혼을 앞둔 각양각색의 신랑신부들만큼이나 같은 직업을 가지고 같은 분야에서 일하고 있지만 가치관이 저마다 다른 많은 사람들이 살아가고 있다. 아마 두세 사람 건너면 다들 알음알음 알법한 좁디좁은 대한민국의 웨딩 플로리스트들도 백이면 백 각자 자신의 스타일대로 하루하루 지내고 있을 것이다.

플로리스트로 일하면서 나는 나름대로 세상과 소통하는 방식을 깨우쳤다. 시행착오를 겪으면 소통 방식을 보완해 왔고, 그러면서 나 자신에 대해 확실하게 알게 되었다. 어느 순간에는 일과 나 그리고 고객마저도 긴 시간을 함께하며 서로를 닮아가는 기분이 든다. 나의 작업실도 내 성향이 그대로 드러난 공간이고, 나를 찾아오는 고객 역시 생각이 비슷한 사람들이 대부분이다. 꽃으로 소통하는 방식에는 나의 성향, 가치관, 미적 기준이 나도 모르게 스며들어 있을 텐데, 함께한다는 건 결국 비슷한 사람들이란 뜻이 아닐까.

예전에 서점에 갔다가 우연찮게 청소년을 대상으로 직업을 소개하는 책을 발견했다. 혹시 플로리스트에 대한 소개가 있을까 궁금해서 차례를 찾아보니 신기하게도 수록되어 있었다. 소개한 내용을 찾아보니 '대부분 꽃집과 같은 제한된 공간 안에서 작업하므로 활동 반경이 좁고… 적합한 성격으로는 밝고 긍정적이며 외향적'

이라는 도무지 이해할 수 없는 문구를 보며 헛웃음을 터트렸다.

옷뿐 아니라 직업도 수선이 된다. 진정 좋아하는 일을 찾게 되면 자신만의 스타일로 변형이 가능하다. 도저히 자랄 수 없을 거라 생각되는 아스팔트나 절벽 위의 바위 틈 사이에서도 피어나는 꽃이 있다. 내향적이고 역마살 가득한 내가 웨딩 플로리스트로 10년 넘게 살아가는 이유이기도 하다.

"아빠 몸에서 케샤 냄새가 나."

일을 마치고 집으로 돌아와 아이를 안아주는데, 내 가슴팍에 코를 묻은 아이가 말했다.

"응? 케샤 냄새? 진짜?"

나는 입고 있는 옷을 손으로 당겨 냄새를 맡아보았다.

"아빠는 잘 모르겠는데. 근데 케샤 냄새는 어떤 거야?"

내 후각으로는 도무지 파악이 안 된다.

"아빠 케샤 가면 자주 나는 냄새 말이야. 아빠가 그거 만지고 눈 비비면 안 된다고 했잖아. 그럼 눈 따가워진 다고, 만시지 말라고 했던 그 풀 냄새."

"아! 유칼립투스 냄새."

나도 모르게 목소리가 한 톤 올라간다.

'케샤'는 회사를 뜻한다. 작업실에 갈 일이 있으면 어린 아들에게 "아빠 회사 다녀올게"라는 인사를 건네곤 했다. 출퇴근을 하는 여느 아빠처럼 평범하게 보이고 싶었다. 발음이 서툴렀던 아이는 '회사'를 '케샤'로 발음했고, 초등학교에 입학한 지금도 여전히 그 발음을 고수한다. 아마 엄마, 아빠가 행복해하며 함빡 지은 웃음의 포인트를 귀신같이 파악하고, 그 애교를 유지하고 있는 것 같다.

유칼립투스는 플로리스트들이 가장 많이 사용하는 '소재'이다. 개인적으로는 왜 이걸 굳이 소재라고 하는지 의문이다. 플로리스트들은 풀이나 가지 종류들을 흔히 소재라고 부른다. 소재들은 대부분 초록을 띤 잎만 있어서 '그린' 혹은 '그리너리(Greenery)'라고도 한다. 꽃이 다양한 색을 가진 물감 역할을 한다면, 소재는 구도나 아웃라인을 잡는 역할을 한다. 초록색을 띠기에 배경이나 바탕이 되기도 한다. 그리너리 중 가장 기본이 되는 것이 바로 유칼립투스이다. 향이 강해서 향수나 아로마오일로도 쓰이는데, 때론 알레르기를 일으키기도 한다. 아들은 지금 막 작업실에서 돌아온 내 몸에서 풍기는 유칼립투스 향을 맡은 모양이다.

아빠가 플로리스트이다 보니 아들은 태어나면서부터 꽃을 경험하게 되는 일이 많았다. 쓰다 남은 꽃을 집으로 가져와서 화병을 깨끗이 씻고 아들과 한 송이씩 꽃을 번갈아 꽂았다. 걸음마를 막 떼기 시작할 무렵부터 이런 놀이를 시작했다. '케샤'라고 하지만 아들에게 아빠의 작업실은 놀이터와 마찬가지였다. 아이에게 유칼립투스를 비롯한 몇 가지 꽃향기는 상당히 익숙한 냄새일 것이다. 따지고 보면 아들의 꽃 경력은 현재 나이와 마찬가지인 셈이다.

일에 대한 이미지를 후각으로 몸에 품게 되는 직업이 있다. 나의 아버지도 그랬다. 평생 용접 일을 했던 아버지의 작업복에서는 늘 불 냄새, 쇠 냄새가 났다. 아버지는 해가 뜨기 전 가족 중 가장 먼저 집을 나서고, 가장 늦게 현관문을 열고 들어왔다. 오자마자 허물 같은 작업복을 벗고 대야에 물을 받아 몸 구석구석을 씻어냈다. 하루 동안의 때와 먼지를 대야의 물에 벗겨내고 곧장 잠자리에 들었다. 내일 다시 누구보다 먼저 집을 나서야 하는 사람의 의무를 지키기라도 하듯.

하지만 찬물 한 대야만으로 평생 쌓아온 불의 냄새가 씻길 리 없었다. 아버지를 떠올리면 저절로 연상되는 이미지가 있다. 더운 여름날, 용접 불꽃에 구멍이 숭숭 뚫린 하얀 러닝셔츠 차림으로 모로 누워 잠든 뒷모습. 그렇게 잠든 아버지 곁에 누우면 여전히 불 냄새, 쇠 냄새가 느껴졌다.

한번은 길을 걷다가 콧속으로 불현듯 몹시도 익숙한 냄새가 들어와 나도 모르게 고개를 돌리게 되었다. 과연 이 냄새가 어디서 시작되는지 궁금했다. 그곳은 한창 건물을 짓고 있는 공사장이었다. 이곳저곳에서 불꽃을 튀기며 용접을 하고 있는 남자들의 모습이 보였다. 용접가스가 타면서 쇠가 잘리거나 붙으면서 공기 중에 냄새가 퍼지고 있었다.

'바로 저것이었구나. 아버지의 냄새.'

아버지는 평생을 마신 용접가스 때문인지, 열악한 작업 환경 때문인지 폐암을 앓다가 조금은 이른 나이에 돌아가셨다. 씻어도 씻어도 씻겨지지 않은 그 불의 냄새는 아버지의 정직한 삶의 냄새이기도 했다. 저 냄새를 맡고 하루하루 버티며 식구들을 건사했다는 걸 알았다면 좀 더 다정하게 말 한마디라도 드리는 건데.

여느 아들들이나 그러하겠지만, 아버지가 되고 나서야 아버지를 이해하게 된다. 고맙고 미안한 마음을 담아 꼭 안아주고 싶은데, 이제 나에겐 아버지를 그리워할 수 있는 매개물은 공사장이나 대장간에서나 맡을 수 있는 불 냄새뿐이다.

아버지를 닮은 냄새는 아니더라도 플로리스트인 나에게도 고유한 냄새가 나는 걸 어린 아들을 통해 알게 됐다. 꽃향기까지는 아니더라도 유칼립투스처럼 화려한 꽃을 빛내주기 위한 소재가 되는 풀 향은 내 몸에 남는다. 그리고 보면 아버지의 몸에 남은 불 냄새도 튼튼한 건축물의 뼈대가 되는 과정에서 나온 부산물이다. 아버지와 나는 화려하지 않아도 작은 일에 묵묵히 식구들을 위한 향을 남겼다.

플로리스트로 살아가는 건 나에게 더없는 행복이다. 여기에 아들에게 '아빠 냄새'로 각인될 향기까지 생겼으니, 직업을 통해 누릴 수 있는 기쁨이 있다면 나는 아마 거의 대부분을 맛본 사람이 아닐까? 언젠가 시간이 흘러 성인이 된 아들이 길을 걷다가 어느 꽃집에서 새어나온 유칼립투스 냄새를 맡게 되면 불현듯 나를 떠올릴지도 모른다. 이 풀 냄새를 자신을 키워준 냄새로 기억하고, 바쁘고 힘든 마음을 잠시나마 덜어낼 수 있다면 너무나 감사한 일이 될 것이다.

나는 모든 종류의 싸움을 싫어한다. 갈등도 지양한다. 싸움과 갈등은 대부분 '입장'과 '이익' 때문에 벌어진다. 그래서 웬만하면 상대방 측 입장을 먼저 생각하고, 내가 조금 손해 보더라도 발 뻗고 편안하게 잘 수 있는 태도를 지향한다.

하지만 플로리스트로 살다 보니 내 의지와 상관없이 불가피한 싸움과 갈등을 수시로 겪게 된다. 대표적인 예가 바로 고객과의 '기싸움'이다. 어떤 계약에서든 갑과 을은 존재한다. 애초에 갑을관계란 말 자체가 계약을 위해 생겨난 것이다.

흔히 계약의 우위에 있는 쪽이 갑, 그 반대에 있는 사람이 을이라고들 하지만, 내가 보기에는 갑과 을은 수시로 바뀌는 것 같다. 기싸움의 우위에 있는 쪽이 갑, 그 반대가 을이다. 고객과 플로리스트가 벌이는 기싸움은 결국 가격 때문에 벌어진다. 이들 사이의 기싸움을 순화해서 표현하자면 '가격 흥정'이 아닐까.

꽃다발을 구매하려고 한다는 고객에게 5만 원짜리와 7만 원짜리가 있다고 설명해 주자 "7만 원짜리 같은 5만 원짜리로 해주세요"라는 말이 돌아온다. 이 정도는 애교처럼 받아줄 수 있다. 어느 고객은 "깎아주세요"라는 말에 이어 "에이, 사장님. 요거 몇 송이 더 넣어주면 되겠네" 하며 꽃이 담긴 통에서 제멋대로 꽃을 뽑아 나에게 안기기도 한다.

여느 상품과 달리 꽃집에서 이런 가격 흥정이 자주 발생하게 되는 건 꽃이 여느 공산품처럼 공장에서 바코드가 딱딱 찍혀 나오지 않기 때문이다. 매주 꽃시장에서 도매가격이 다르고, 플로리스트들 또한 저마다의 가격 기준을 달리하다 보니 고객 입장에서는 꽃 가격을 신뢰하지 못하는 것이다.

나는 플로리스트가 되기 이전에도 시장에서 물건을

살 때 깎아달라는 말을 한 번도 해본 적 없다. 상인들이 어련히 합리적인 기준에서 가격을 책정하고 팔지 않겠나 생각했다. 이런 성격 탓에 손님들과 벌이는 기싸움은 나에게 몸도, 마음도 힘들게 만드는 쓸데없는 소모전처럼 느껴졌다.

경영주에게 고용되어 월급을 받고 다니던 시절에는 그나마 스트레스가 덜했다. 사장님이 책정한 가격을 기준으로 삼으면 됐다. 하지만 창업을 하고 자영업자가 되고부터는 입장이 달라졌다. 과연 어떻게 하면 이 필요 없는 감정싸움에서 벗어날 수 있을지 나는 일하면서 끊임없이 고민했다. 그리고 오랜 시간 시행착오를 겪은 끝에 해결책을 찾아냈다.

첫 시도로 나는 각 공산품마다 가격이 있듯 일종의 메뉴판을 만들었다. 꽃은 매주 꽃시장에서 가격이 변동된다. 때문에 식당의 메뉴처럼 동일한 레시피를 유지하는 것이 어렵다. 그럼에도 다양한 샘플을 만들어 5만 원, 7만 원, 10만 원 등 가격별로 구입할 수 있는 상품의 예시 사진을 찍어서 메뉴판처럼 활용해 보았다. 결과는 그다지 만족스럽지 못했다. 고객들은 자신의 예산 안에서 꽃을 사길 원했다. 꽃은 으레 사려는 사람이 필요한 만큼 살 수 있을 거라 생각하는 고객들이 많았다. 스스로가 가격을 정하고 그에 맞춰 구입하고 싶어 했다. 솔직히 이런 생각이 잘못됐다고 할 수도 없는 노릇이었다.

그다음으로는 꽃송이 하나하나마다 금액을 표시하고 고객이 원하는 꽃을 원하는 수량만큼 선택할 수 있게 했다. 그리고 포장을 별도로 재료비를 받는 방법으로 결제하게 했다. 포장을 원하지 않는 고객은 더욱 저렴하게 꽃을 구입할 수 있다는 장점도 있었다. 하지만 기대와 달리 이 방법도 포기하고 말았다.

꽃 한 송이마다 가격을 매기니 이를 합산하면 금액의 끝 단위가 가지각색이 되었다. 예를 들면 5만200원, 2만 7,800원 등 다양한 금액이 나오는데, 고객들은 하나같이 당연하다는 듯 100원 단위, 1,000원 단위를 절삭해 버리려고 했다. 5만200원은 5만 원으로, 2만7,800원은 2만 7,000원으로 지불해야 한다는 것이 그들의 셈법이었다. 기싸움을 피해 합리적으로 가격을 책정하는 방법을 궁리했건만, 볼썽사나운 싸움은 멎을 날이 없었다.

그렇다면 정말 방법이 없는 것일까? 그럼에도 나는 포기할 수 없었다. 그래서 과연 주변에서 나와 비슷한 고민을 겪고 있는 플로리스트는 없는지, 그는 어떻게 이 어려움을 이겨내는지 찾아보다가 어느 플로리스트를 발견했다. 그는 꽃 다루는 실력이 의심할 바 없는 최고였다. 하지만 그를 통해 배운 기술은 따로 있었다. 바로 고객으로 하여금 만족할 만한 꽃을 구입했다는 마음이 들게 하는 기술이었다.

그의 말에는 사람을 기분 좋게 하는 묘한 매력이 있다. 실실거리며 애써 고객의 비위를 맞추지도 않고 과잉 친절을 베풀지도 않는다. 오히려 말투는 단호하고 확실했다. 사람들은 그의 단호함 앞에 감히 가격을 깎겠다는 생각조차 하지 않는 것 같았다.

'예쁨'은 지극히 주관적이다. 내 눈에는 예뻐도 다른 이의 눈에는 그렇지 않을 수 있다. 그는 고객에게 예쁜 꽃을 산다는 확신을 심어준다. 그를 통해 깨닫게 된 건 고객이 내 꽃을 사지 않고서는 못 견딜 '원티어'급 실력을 갖추거나 마음에 들 정도의 꽃을 사는데 감히 가격을 깎을 생각이 들지 못하게 하는 절도 있는 화술을 갖추어야 한다는 것이었다. 하지만 나는 두 가지 중 어느 쪽도 갖추지 못했다.

웨딩 플라워 분야에서 일하면서, 나는 모든 견적사항

을 블로그를 통해 공개한다. 웨딩 플라워 비용은 적게는 200만 원대에서 많게는 1,000만 원이 넘기도 한다. 이를 모두 항목별로 공개하는 것은 결코 쉬운 일이 아니다. 내가 공개하는 금액을 다른 업체가 참고 삼아 더 낮은 금액으로 고객에게 제시할 수도 있기 때문이다.

하지만 무슨 비밀이라도 되는 양 가격을 숨기는 것이 꺼려지기도 했고, 무엇보다 상담할 때마다 매번 얼마냐는 질문에 같은 답변을 반복하는 것이 무척이나 번거로웠다. 고객이든 경쟁업체 대표든 궁금한 사람은 다 보라는 마음으로 공개했다.

이런 대범한 짓을 벌일 수 있었던 건 오랫동안 수백여 건의 결혼식을 치르다 보니 비슷한 패턴이 반복되는 콘셉트의 데이터를 기준 삼아 가격을 규격화할 수 있었기 때문이다. 그런데 뜻하지 않게 고객들의 반응이 좋았다. 상담을 하며 이곳만 유일하게 가격이 공개되어 좋았다, 신뢰가 갔다 등의 후기가 인터넷에 올라왔다. 그저 기싸움이 싫고 가격 흥정에 젬병이라 피하고 싶은 마음에 마련한 건데, 신뢰할 수 있는 플로리스트로 거듭났다.

지금도 상담을 하고 금액을 확정해야 할 때면 어려움을 겪는다. "제가 사실 돈 얘기는 진짜 못해요. 깎으실 것을 감안해서 미리부터 높은 금액을 말씀드리지도 않을 거예요. 그러니 제가 제안드리는 금액이 최선이라 생각해 주시면 감사하겠습니다", "저희보다 잘하는 곳은 많을 거예요. 하지만 가격만큼은 자신 있습니다. 합리적이라 생각하시는 금액에서 최대한 맞추어 보도록 할게요" 등 속엣말을 어렵사리 꺼내면 고객들은 대부분 수긍하고 받아들인다.

그리고 대한민국이 어떤 곳인가? 카페에서 핸드폰이나 노트북을 테이블에 올려두고 화장실에 가도 아무도 손을 대지 않을 정도의 시민의식을 갖춘 사람들이 사는 곳이 아닌가. 상거래를 할 때 서로를 향해 의심의 눈초리를 갖고 무조건 값을 깎으려는 모습은 이전과 달리 많이 사라진 듯하다. 신뢰가 사회적 자본으로 기능하는 사회. 그 덕에 나처럼 가격 흥정 못하는 자영업자도 순탄하게 살아가고 있다.

우리는 죽기 전까지 계속 피었다 지는 현재를 살아간다

아들은 유치원 졸업을 앞두고 있었다. 불과 몇 달 후면 내가 학부형이 된다고 생각하니 마음속에서 여러 감정이 교차했다. 한 생명의 탄생을 바라보고 아무 탈 없이 건강하게 키워냈다는 뿌듯함과 함께 서운함과 아쉬움도 감출 수 없었다. 이제 아들의 뽀송한 솜털도, 혀 짧은 귀여운 발음도, 스스럼없이 애교 떠는 모습도 차츰 보기 어려워질 것이다. 그렇게 생각하니 마음 한구석이 아련해지면서 흐르는 시간을 붙잡고 싶었다. 1년만이라도, 이대로 함께 보낼 수 있다면 얼마나 좋을까.

그런데 기적처럼 나의 바람은 현실이 되었다. 전대미

문의 코로나바이러스가 전 세계적으로 유행하면서 우리 모두의 시간은 멈춰버렸다. 아들은 유치원을 졸업했지만, 초등학교에 등교하지 못한 채 집에서 1학년을 맞이하게 되었다. 1년이 넘도록 제대로 된 학교생활을 누려보지 못한 채 시간은 하염없이 흘러갔다. 아들뿐만이 아니었다. 아내와 나 또한 집 밖 외출은 최대한 자제하고 집 안에 틀어박혀 있어야 했다. 더 성장하기 전에 아들과 많은 시간을 함께하고 싶긴 했지만, 이런 재난을 바란 것은 아니었다. 나는 나의 바람을 후회했다.

처음엔 나도 한두 달만 버티면 될 거라고 생각했다. 21세기 디지털 문명의 시대에 눈부시게 발전한 의학기술이 곧 바이러스를 제압할 거라 기대했다. 차라리 이참에 몇 달 쉬면 될 거라고 긍정적으로 받아들였다. 하지만 사태는 점점 심각해졌다. 감염된 환자들은 기하급수적으로 늘어났고, 사람들은 타인과의 만남을 꺼리기까지 했다.

꽃 장식이 예정되어 있던 행사와 예식들이 하나둘 취소되었다. 핸드폰 알람이 울리면 여지없이 계약 취소를 요청하는 메시지가 들어와 있었다. 누구를 원망할 수도 없었다. 마지막 남은 계약마저 취소해 달라는 연락을 받고, 나는 카드 현금서비스를 받아 계약금을 돌려주었다.

플로리스트로 살면서 가히 처음 느껴보는 공포였다. 한 달, 두 달이 지나도 언제 벗어날지 모르는 터널 속을 무작정 걷고 있는 듯한 두려움과 막막함에 휩싸였다. 봄이 되자 뉴스에서는 연일 꽃밭을 갈아엎고, 무시무시한 중장비를 이용해 출하된 꽃들을 잘라 없애는 장면들이 나왔다. 사람들이 모일 것을 염려해서 예년 같으면 축제가 벌어질 꽃밭을 일부러 훼손하고 있었다. 갈려나가는 건 꽃인데, 내 몸이 갈기갈기 찢어지는 듯했다. 내 직업의 종말을 임사체험한 듯한 기분이 들었다. 앞으로도 잊히지 않을 무시무시한 장면이었다. 인터넷 기사 아래에는 '먹고살기도 힘든데 무슨 꽃이야' 같은 댓글들이 줄을 이었다. 사는 게 힘들어지면 꽃도 쓸모없는 것인지 새삼 곱씹게 되는 우울한 날들이 계속됐다.

플로리스트는 직업인일까, 예술가일까? 꽃과 함께하는 일을 하면서 문득 머릿속으로 플로리스트란 존재에 대해 생각해 본 적이 있다. 화가, 작가, 작곡가처럼 명확하게 예술가라 할 순 없지만, 그렇다고 단순하게 사무직, 노동직 등으로 구분할 수 없는 모호한 곳에 위치한 존재

같다. 나는 적어도 내가 하는 일이 창작적 요소가 많은 만큼 예술에 가깝다고 믿고 싶었다. 초보 시절 얼기설기 어설픈 꽃장식을 만들어 놓고도 내가 하는 일이 아티스트의 일에 가깝다고 여기는 건 내가 누릴 수 있는 허세와 치기였다. 하지만 아무도 나를 찾아오지 않게 되니 나는 한낱 아무것도 아닌 사람이 되고 말았다.

플로리스트도 허울 좋은 이름만 가졌을 뿐 수많은 자영업자와 다르지 않았다. 셰프는 식당 사장님이고, 헤어드레서는 미용실 사장님이고, 파티시에는 빵집 사장님이고, 플로리스트는 꽃집 사장님이다. 외래어를 입힌 그럴듯한 직업명을 빼면 결국 우리 모두는 자신에게 월급을 줘야 하는 자영업자라는 실체가 드러난다. 초유의 팬데믹 사태로 인해 꽃과 밥의 등가교환이 무너지게 되자 나는 무엇이든 새로운 일을 찾아야 했다.

바이러스가 유행하면서 얼굴을 마주하지 않고 개인화된 소통과 상거래 방식은 더욱 공고화되었다. 변화한 사회에 맞춰 나도 바뀌어야 한다고 생각했다. 그래서 하게된 것이 유튜브 방송과 인터넷 쇼핑몰이다. 꽃을 다루는 일상을 영상으로 담았고, 내가 꽃 일을 하면서 사용하는 물건과 재료들을 인터넷 쇼핑몰에서 판매했다. 처음 시작하는 일들이어서 시행착오를 겪긴 했지만, 시간이 갈수록 조금씩 손에 익으면서 적응해 나갔다. 어쨌거나 일이 없는 무료함과 두려움을 잊기 위해 무엇인가에 몰두해야만 했고 이 둘은 제법 괜찮은 대안이었다. 그렇다고 이전의 본업을 대체할 수는 없었다. 흐지부지 힘이 조금씩 빠져나갈 무렵, 다행스럽게도 팬데믹이라는 길고 긴 터널의 출구가 나타났다.

일상은 이전처럼 완전하게 복귀되었고, 사람들은 다시 꽃을 찾기 시작했다. 플로리스트는 지구에 꽃과 풀이 자라는 한 어떤 모습으로든 존재할 것이다.

영화 〈꽃다발 같은 사랑을 했다〉의 남자주인공인 '무키'는 연인이자 동거녀인 '키누'에게 일자리를 얻기 위해 열심히 준비하고 있다며, 자신은 키누와의 관계를 현상 유지하는 것이 목표라고 말한다. 그의 말이 처음에는 공감되지 않았다. 고작 '프리터(비정규직으로 살아가는 사람)'에서 한 단계 벗어나는 일에 큰 의미를 부여하다니. 하지만 그의 대사를 천천히 곱씹으면 현상을 유지한다는 것이 얼마나 어려운 일인지 새삼 깨닫게 된다.

퇴근 후에는 사랑하는 사람을 만나 버스 정류장에서 집까지 걸어오고, 쉬는 날이면 함께 영화를 보고, 게임을 하고, 미뤄뒀던 청소도 하는 삶. 이 평온함을 이어간다는 것은 결코 쉬운 일이 아니다.

몇 년 동안 힘든 시기를 버텨내고 용케도 '플로리스트'란 직업을 지키고 있다. 나는 요즘 원대하면서도 가장 현실적인 꿈을 꾼다. 바로 '현상 유지'다. 매일 밤 침대에 누워 내일은 꽃으로 무엇을 만들지 생각하다 잠들고, 아침이면 길가에 핀 꽃들을 보며 걸어서 작업실까지 출근하는 삶. 늘 같은 카페에 들러 커피를 음미하며, 꽃과 함께하는 이 소소한 삶이 너무나 좋다.

언젠가 플로리스트라는 직함도 내려놓고, 더 이상 상품 가치가 될만한 꽃장식을 만들어 내지 못할 날이 와도 좋다. 어쨌든 나는 내 몸을 움직일 수 있는 한, 어딘가에서 흥얼거리며 꽃을 만지고 있을 테니까. 그런 날을 맞이할 수 있기를, 그런 삶을 살 수 있기를 희망한다.

에필로그

나는 스스로를 제법 운이 좋은 사람이라 생각한다. 이른 나이에 좋아하는 일을 직업으로 삼았고, 그때 삼은 직업을 내 생의 절반이 넘는 시간 동안 이어오고 있다. 꽃이 맺어준 인연을 통해 결혼을 하고 아이도 낳았으니, 내 생은 온통 꽃으로 가득 차있다고 표현을 해도 과하지 않을 것 같다.

하지만 끊임없이 스스로에게 던지는 질문이 있다. 그건 바로 '사람들이 언제까지 꽃을 살까'이다. 꽃시장에서 종종 경력이 오래된 플로리스트를 만나면 푸념처럼 나누는 이야기가 있다. 아무래도 '고인물'끼리의 대화이다 보니 자연스레 좋았던 시절에 대한 회상이 나오기 마련이다.

"우리가 가장 좋았던 때는 십수 년 전에 빨간 장미에 안개 팔던 시절이었어."

"당연하지. 재고도 없고, 장사할 맛 나던 때였는데."

나 역시 이런 대화에 녹아들다 보니 점점 업계의 '꼰대'가 되어가는 것을 느낀다. 하지만 틀린 말은 아니다. '뉴비' 플로리스트들은 알지 못하는 올드 보이들의 황금기다.

우리나라 GDP가 2만 달러에서 3만 달러로 도약하던 시기였고 거리 곳곳에는 생기와 활력이 넘쳤다. 밸런타인데이, 화이트데이, 로즈데이 등등 각종 '데이'들도 많았고 어버이날을 앞두고는 꽃집 앞에 몇십 미터씩 줄을 서는 모습도 흔했다. 알다시피 이제 이러한 장면들은 더 이상 찾아볼 수 없고 흔하디흔했던 '데이'들도 흘러간 옛 유행이 되고 말았다.

꽃을 좋아하는 사람들도 많이 줄었고 설령 좋아한다고 해도 직접 꽃을 산다는 사람은 더욱 드물어졌다. 꽃 말고도 우리에게 기쁨을 주는 것은 너무도 많다. 주머니 속의 스마트폰을 꺼내면 작은 화면 속에 흥미로운 것들이 넘쳐난다. 숏폼이 선사하는 도파민만으로도 뇌의 행복회로는 이미 과부하 상태에 다다르고, 누군가에게 선물을 해야 할 때면 기프티콘을 보내기만 하면 되니 고민할 것도 없다.

나 역시도 디지털 문명의 편리와 행복을 너무나도 풍족하게 누리고 있기에 이를 문제 삼거나 탓하고 싶지 않다. 오히려 지난 추억에 사로잡혀 변화하지 못한다면 그것이 큰 문제가 될 것이다.

하지만 참 어렵다. 어떻게 변해야 할지 말이다.

한 분야에서 오랫동안 같은 일을 한다는 것은 무척이나 어려운 일이다. 이 사소한 진리를 다시금 깨닫는다. 흔히 10년이면 강산도 변한다고 한다. 그만큼 자신의 일을 20년, 30년 혹은 그 이상 한다는 것은 강산이 변하는 것에 버금갈 정도의 자기 변화가 있어야 가능하다.

예전에는 소위 대박이라고 하는, 크게 성공하는 사람들을 부러워했던 적이 있다. 요즘은 한 분야에서 오랫동안 자신의 역할을 묵묵히 맡는 사람이 가장 부럽다. 사실 부러움을 넘어 존경스러운 마음까지 든다. 티브이와 유튜브 속에 나오는 유명 인사들만 해도 그렇다. 어느 날 우연찮게 내가 좋아하는 연예인들을 떠올려 보았다. 예능 프로그램에서 수십 년 넘게 명MC로 활약하는 예능인, 영어 강사로 활동했다가 분야를 바꿔 역사 스토리텔러로 대중에게 흥미로운 역사 이야기를 들려주는 학자, 이른 나이에 데뷔해서 지금까지 꾸준하게 영화와 드라마에서 연기하고 있는 배우, 무명의 세월을 이겨내고 잠시 인기를 얻는 듯하다가 다시 사라지고 다시 나름의 콘셉트를 갖추고 변신해서 사랑을 받고 있는 개그맨이었다. 하나같이 오랜 시간 동안 자리를 지키면서도 시대의 흐름에 맞춰 스스로를 변화할 줄 알았던 사람들이었다. 이들에게도 평범한 사람들이 알지 못할 질곡과 애환이 있었을 것이다. 비행기의 행적은 지도 위에서 단순히 직선으로 표시되지만, 목적지에 도달하기까지 난기류를 만나면 상하좌우로 심하게 흔들리기도 한다. 그들도 분명 오름과 내림을 반복하며 지금의 자리에 섰을 것이다.

사실 멀리 보면 쉽게 답을 얻지 못할 때가 있다. 영화 〈마션〉에서 화성에 홀로 버려진 남자 주인공은 지구로 돌아온 후 이렇게 회고한다.

"사람들은 내게 묻습니다. 지구로 돌아올 것을 확신했

냐고요. 아닙니다. 절대로요. 다만 내게 닥친 한 가지 문제를 해결하고, 또 다음 문제를 해결하고. 그렇게 매번 주어진 문제들을 해결하다 보니 지구에 올 수 있었습니다."

어쩌면 그가 애초에 '지구 귀환'이라는 비현실적인 목표를 세웠다면 쉽게 무너졌을지도 모른다. 그저 지금 겪는 굶주림을 해결하기 위해 감자 씨를 뿌려야 했고, 이 씨가 싹을 틔울 수 있도록 물과 거름을 만드는 일에 집중했다. 식량 문제를 해결하고 나서 지구와 연락할 방법을 찾기 시작했다. 문제에 봉착하면 어떻게 해결할 수 있을지 차근차근 집중하고 생각했다. 이러한 시간들이 차곡차곡 쌓여 작은 문제부터 해결해 나가던 순간들이 징검다리처럼 이어져 지구에 닿은 것이 아닐까.

사람들이 언제까지 꽃을 사줄까? 이런 고민은 너무나 막연하고 불안하기만 하다. 이렇듯 원대한 질문을 머릿속으로 떠올리면 이미 이 물음에 나 자신이 압도되는 기분이다. 그저 하루하루 집중하는 편이 나을 것이다. 꽃을 담을 물통을 씻고, 작업실을 청소하고, 새로운 꽃들을 주문하고, 문의를 준 고객들을 친절히 응대하는 것. 이 하루가 모이면 5년, 10년이란 세월이 흘러있지 않을까.

꽃들도 그러한 시간을 통해 지구에 자리 잡지 않았을까 생각해 본다. 꽃씨는 싹을 틔우는 그 순간 어떻게 하면 지구 전체로 퍼져나갈 수 있을까 고민하지 않았을 것이다. 적절한 햇살을 받기 위해 얼굴을 태양 쪽으로 내미는 것에 집중했을 것이고 단 한 모금의 물을 빨아올리기 위해 뿌리를 뻗치는 것에 최선을 다했을 것이다.

오늘도 남들에게 쉽게 꺼내지 못할 고민을 꽃들에게 털어놓고, 꽃에게서 답을 찾는다.

일하는사람 #017

어쩌다 보니 꽃

초판 1쇄 인쇄 2024년 8월 19일
초판 1쇄 발행 2024년 9월 6일

지은이 | 이윤철
발행인 | 강봉자, 김은경

펴낸곳 | (주)문학수첩
주소 | 경기도 파주시 회동길 503-1(문발동 633-4) 출판문화단지
전화 | 031-955-9088(마케팅부), 9530(편집부)
팩스 | 031-955-9066
등록 | 1991년 11월 27일 제16-482호

홈페이지 | www.moonhak.co.kr
블로그 | blog.naver.com/moonhak91
이메일 | moonhak@moonhak.co.kr

ISBN 979-11-93790-35-9 03810